LA ROBE DU JAGUAR

DE LA MÊME AUTRICE

Km 930, Plon, 2023 ; Pocket, 2024.
Le Comble de la vanité (théâtre), Hello Éditions, 2022.

Valérie Fayolle

LA ROBE DU JAGUAR

roman

RÉCAMIER

92, avenue de France
75013 Paris
Tél. : 01 44 16 09 00
Fax : 01 44 16 09 01
www.editions-recamier.fr
www.lisez.com

Mise en page : PCA
Dépôt légal : mai 2024
ISBN : 978-2-38577-126-3

À mes enfants, Eliot et Eva,
Ne renoncez jamais à vos rêves, surtout les plus fous.

« J'étais au milieu de la forêt, il y avait deux chemins
devant moi, j'ai pris celui qui était le moins emprunté,
et là, ma vie a commencé. »

Robert Frost

« Les forêts précèdent les peuples, les déserts les suivent. »

François-René de Chateaubriand

« Tu ne peux pas trouver la paix en évitant la vie. »

Virginia Woolf

PROLOGUE

En Amazonie perdue, une femme touche son point de non-retour au moment où la forêt atteint le sien. Une concordance des équilibres instables pour le moins hasardeuse.

Les échanges épistolaires de Rose Dessables avec les siens, les pièces jointes aux courriers électroniques ainsi que des fragments de son journal intime permettent de prendre la mesure des événements qui vont se dérouler entre le 12 mai et le 30 juin.

Leur portée est de nature à précipiter sa trajectoire personnelle, celle de sa famille et, possiblement, celle de l'humanité tout entière.

De : Elisa Willers
À : Rose Dessables
Date : dimanche 12 mai 12:59
Objet : ?

Maman,

Je viens de trouver ton mot sur la table.
Tu ne réponds ni à mes appels ni à mes SMS.
Où es-tu ?
Que fais-tu ?
Et avec qui es-tu ?

Le 12 mai

Cela fait longtemps que je n'ai pas écrit. Écrit pour moi. Sur moi. Dans un journal pour créer un espace intime, un monde de papier où je suis seul maître à bord alors que je ne maîtrise plus rien ou si peu.

Nouveau carnet acheté à l'aéroport. Ce n'est pas le premier. Ce sera le dernier. Parce que les écrits restent. Et que je pars vers cette destination inconnue. Première étape : Lima.

Dans l'avion qui me conduit vers la capitale péruvienne, je fais un pacte avec toi, cher Journal : celui de la vérité. L'examen de conscience, je n'en suis peut-être pas capable, mais la vérité dans sa nudité, je peux essayer. Je fais un vœu aussi : que ce voyage se résume à l'instant présent. Rien d'autre. Le passé viendra me hanter et je le laisserai faire. Je l'accueillerai comme une caresse parce qu'il est peuplé des personnes que j'aime. Mais demain, je ne veux pas y songer. Temps mort. Pause. Parenthèse. Déni ?

L'instant présent donc, le retour aux sources, à la nature. Les débordements aussi. Les cours d'eau sortent bien de leur lit. Pourquoi ne quitterais-je pas le mien ?

Le jour n'en finit pas. Je remonte le temps vers cet autre continent et le soleil m'accompagne, aveuglant, au-dessus des nuages. Ce n'est que le jeu des fuseaux horaires, mais j'aime l'idée de gagner quelques heures de clarté. De vie.

Pourtant, il faudrait que je dorme. J'ai acheté un masque de nuit en soie pour me couvrir les yeux. J'ai aussi un arsenal médicamenteux. Avec tous ces cachets dans mon sac, je pourrais suicider l'avion entier ! Je vais juste essayer de m'assommer. J'hésite entre l'anxiolytique ou le somnifère. Lequel se marie le mieux avec le champagne que l'hôtesse m'a servi à volonté durant le repas ?

Je pense à Jo, mon chat, que j'ai abandonné chez une amie. Je pense à mon chat pour ne pas penser aux enfants que je laisse derrière moi. Ils sont grands, mais ils vont s'inquiéter. Jo détesterait être dans cet avion. Il a horreur des transports. Je me souviens d'un trajet épique vers Noirmoutier, il y a plus de dix ans. Pour que nous ayons la paix, le vétérinaire avait prescrit un tranquillisant en m'avertissant : « La plupart du temps, cela fonctionne très bien, mais certains animaux luttent contre l'effet de la molécule et il y a un risque de rebond avec une anxiété décuplée. » Elisa et Alexandre étaient à l'arrière du break et peinaient à rassurer Jo. Une heure après la prise laborieuse du médicament – il nous avait fallu dix tentatives avant de parvenir à lui ouvrir la gueule et à lui coller une pâte visqueuse au fond du palais –, il miaulait toujours dans sa cage. Nous nous sommes arrêtés dans une station-service pour respirer, le faire boire et remettre de l'essence. Adrien, exaspéré par la situation, a mis du sans-plomb dans le moteur diesel.

Cinq cents mètres plus tard, sur l'autoroute, la voiture a toussé et s'est immobilisée. Adrien a vociféré. La suite a été pénible : appel d'urgence, remorquage du véhicule jusqu'à un garage fermé. À 22 heures, personne pour vidanger le réservoir. Nous avons passé la nuit dans l'hôtel le plus proche, un établissement minable. Je n'oublierai jamais le regard exorbité de Jo lorsque nous l'avons extirpé de sa caisse. Les poils hérissés, la queue dressée, la gueule entrouverte, il tremblait. Ses yeux balayaient la pièce à toute allure. Aucun de nous quatre n'osait s'approcher. Les griffes dehors, il menaçait de bondir sur le premier qui bougerait. Et puis nous avons ri à la vue de notre chat qui semblait sorti d'un dessin animé, comme électrocuté après avoir mis les deux pattes dans la prise. Nous avons finalement dormi, à quatre, dans une même chambre de cet hôtel lamentable respirant une odeur nauséabonde parce que, évidemment, Jo avait uriné sur la moquette.

Bref, je pense à Jo parce que je suis comme lui. Je lutte, je résiste, incapable de me laisser aller. Ce soir, l'obsédée du contrôle va faire une exception et accepter de glisser dans l'univers cotonneux des hypnotiques sans tergiverser. Ce ne sera pas anxiolytique OU somnifère. Mais anxiolytique ET somnifère. Demain est un nouveau jour.

De : Elisa Willers
À : Rose Dessables
Date : lundi 13 mai 01:20
Objet : Je m'inquiète

Maman,

Tu me fais peur, à quoi tu joues ?

Pourquoi ce silence ?

Est-ce que tu nous prépares à une nouvelle métamorphose ?

Une de plus ?

Je suis fatiguée des surprises.

Je déteste les surprises.

À huit ans, j'adorais que tu nous sortes de notre lit à minuit pour nous emmener faire un tour de grande roue.

À vingt-deux ans, trouver sur la table du petit déjeuner, un simple mot : « Je pars en voyage, je ne sais pas quand je rentrerai, ne t'inquiète de rien, installe-toi chez ton père quelques semaines », ça me glace.

Quelques semaines, vraiment ?

Pourquoi pas des mois ou des années ?

Rien de tout cela n'a de sens.

Ce n'est pas cohérent.

Tu n'es pas cohérente.

Tu me surveilles comme le lait sur le feu.

Tu m'interdis de sortir plus de trois fois par semaine quand, toi, tu découches tous les soirs.

Tu m'imposes tes lubies alimentaires, vérifies qu'il n'y a pas de cigarettes dans mon sac.

Tu es une mère envahissante et ultra-possessive.

Et tout à coup, alors que tu as toujours refusé de me voir grandir, tu me laisses seule.

Sans explication.

Tu n'as pas le droit d'agir ainsi.

Te souviens-tu que mes oraux sont dans deux semaines ?

Tu m'avais promis de m'aider à réviser.

Jim est désemparé, tu ne lui as rien dit ?

Est-ce que tu l'as quitté ?

Maman, que se passe-t-il ?

Réponds-moi,

Elisa

De : Rose Dessables
À : Elisa Willers
Date : lundi 13 mai 10:52
Objet : Bons baisers de Lima

Ma chérie,

Pardon, je viens d'atterrir à Lima. C'est le milieu de la nuit à Paris. Quand tu te réveilleras, j'aurai attrapé un autre vol avant mon transfert jusqu'à la forêt amazonienne. Pourquoi faut-il que tu t'inquiètes de tout ?

Je suis partie sur un coup de tête, un peu vite certes, mais l'occasion était trop belle. On m'a proposé de réaliser un documentaire sur les chamans péruviens. Tu connais ma fascination pour les croyances et les pratiques ancestrales. Alors, j'ai dit oui. C'est aussi simple que cela. Bien sûr, j'aurais pu, j'aurais dû t'en parler avant de foncer à l'aéroport, mais tout s'est bousculé. Et puis, tu aurais essayé de me retenir avec des arguments que je n'aurais pas réussi à démonter, car tu as raison : mes choix ne sont pas toujours cohérents et personne ne sait mieux que toi me placer face à mes contradictions.

Ce voyage est bien plus important que je ne pourrais te l'expliquer en quelques mots, pour mille motifs que je partagerai avec toi au fur et à mesure de mon périple. Huit mille kilomètres nous séparent mais tu m'accompagnes. Je t'emmène.

Pour tes oraux, tu n'as pas besoin de moi. Tu connais tes sujets sur le bout des doigts après ces heures, enfermée dans ta chambre. Je te donne un seul conseil : apprends à lire entre les lignes. Derrière toute chose, il y a souvent un sens caché, une motivation intime qui éclairent de manière originale un propos et en offrent une vision nouvelle. Ose revendiquer. N'aie pas peur d'émettre un avis, construis tes propres conclusions en t'éloignant des sentiers battus. Ne te laisse enfermer dans aucune logique. Ainsi, tu marqueras ta différence. Tu es unique ma fille. La plus belle personne que je connaisse, et si moi je le vois, les examinateurs le verront aussi. Assume ta singularité.

Tu m'as demandé avec qui j'étais partie comme s'il y avait une évidence à ce que je sois accompagnée. Cela m'a fait sourire. C'est vrai, je n'ai jamais été seule. Ce voyage, pour la première fois de ma vie, c'est moi avec moi, moi en face de moi. Et cela me terrifie.

N'essaie pas de m'appeler. Je dois respecter la quiétude et la solennité des lieux. Je n'aurai accès à mon téléphone qu'une petite heure par jour le matin. J'en profiterai pour t'écrire. Cette désintoxication digitale imposée va me faire le plus grand bien, même si tu me manques déjà.

Des baisers,

Maman

Le 13 mai, aéroport de Lima. Quelques heures à tuer…

L'atterrissage a été d'une violence inouïe. En touchant le sol, ma tête a failli exploser. Mal dans tout le corps et une atroce brûlure dans l'œsophage. Ce n'était peut-être pas une si bonne idée le cocktail : champagne-double médication. Il était conseillé de s'alléger quinze jours avant l'arrivée au centre. Quelle ironie ! Comment « s'alléger » quand on est plombée ? J'ai fait un grand bras d'honneur au programme « pas de viande, pas de café, pas d'alcool, pas de drogue ». J'ai consommé de tout sans modération et j'ai même ajouté à la liste des interdits le tabac. Je refume depuis quelques semaines. Ce n'est pas malin mais j'ai des désirs de transgression. Besoin de me saborder moi-même, d'être celle qui décide de ce qui me tue et de ce qui me préserve. Marre qu'on me dicte ce que je dois faire. Et puis, il y a le plaisir mélancolique de la cigarette dont les volutes traversent notre jeunesse perdue. Je repense à la mienne en regardant les ados en face de moi, étalés à terre dans l'aérogare, endormis contre leur sac à dos. J'aime leur insouciance et leur souplesse. Si je m'allongeais à leurs côtés, je serais incapable de me relever.

C'est moi qui pars et pourtant je ressens la tyrannie de l'absence. J'en saisis l'essence vénéneuse. Elle est aussi brûlante que l'acidité de mon estomac et abrasive comme un gommage aux noyaux d'abricot. Mais c'est mon choix et je compte bien l'assumer. En attendant, je vais sortir fumer une petite cigarette et m'acheter un Coca-Cola, histoire de parfaire ma détox en douceur.

De : Alexandre Willers
À : Rose Dessables
Date : mardi 14 mai 07:43
Objet : Égoïste

Maman, (ou plutôt devrais-je dire « Reine Mère »)

Après toi, le déluge, la terre brûlée. Encore une fois !

N'y a-t-il donc que toi qui comptes ?

Ton départ ne m'affecte pas. Que tu sois dans la pampa, à Paris ou sur la banquise, cela m'est égal. Mais sais-tu à quel point Elisa est triste ? Tu t'en vas sans prévenir, sans te soucier de personne. Au passage, tu répands autour de toi la peine, l'incompréhension et la colère. Les autres, tu t'en fous, n'est-ce pas ? Tu te passionnes pour les sorciers d'Amérique, tu épouses les grandes causes, tu protèges la veuve et l'orphelin. Tes proches, en revanche, tu les négliges. Tu ne les regardes pas. Tu ne les vois pas.

Je dois te reconnaître un talent : tu ne laisses personne indifférent. Papa est dévasté depuis que tu l'as quitté bien qu'il s'en défende. Jim est déboussolé. Il a appris ton départ par Elisa. Je ne vais pas faire semblant d'être affecté par son naufrage. Je déteste ce bellâtre qui pourrait presque être ton fils, ce n'est pas un secret, mais je ne suis pas certain qu'il mérite un tel dédain. Et ce n'est pas à Elisa de justifier tes volte-face. Car c'est bien de cela qu'il s'agit, non ? Un énième revirement, un nouveau caprice.

Rafraîchis-moi la mémoire : c'est bien toi qui nous as expliqué, il y a deux ans, que tu voulais tourner la page du journalisme, que tu en avais assez d'être une simple observatrice, de vivre la vie des autres par procuration en mettant à l'écran leur histoire dans des reportages. Tu souhaitais être dans l'action, écrire ton propre chemin, creuser ton sillon et… Ah oui, devenir une artiste ! Et quelle artiste !

Alors, dis-moi ce que tu fais au milieu de la jungle avec ta caméra ?

Ciao

P. S. : Je savoure un petit déjeuner chez toi en compagnie d'Elisa. Je viens de dévorer, à ta santé, une brioche au sucre bourrée de gluten et saturée de beurre. Tu ne m'en veux pas, j'ai fait une énorme tache de gras sur ton tapis.

De : Adrien Willers
À : Rose Dessables
Date : mardi 14 mai 10:43
Objet : Date divorce

Les enfants m'informent que tu es partie en reportage pour « une durée indéterminée ».

Tu n'as pas signé les papiers du divorce. Qu'est-ce que tu attends ? Finissons-en…

Le 14 mai, première nuit au camp…

Le trajet a été interminable jusqu'à cet avant-poste isolé de la forêt amazonienne, construit sur les berges d'un cours d'eau. Je suis arrivée avec un groupe d'une dizaine d'étrangers. Tous en quête de quelque chose. Il y a les désespérés qui souhaitent éponger leur mal-être. Les égarés à la recherche d'une révélation pour donner un sens à leur vie. Les téméraires en mal de sensations fortes. Et les mystiques qui veulent communiquer avec l'au-delà et se nourrir de spiritualité. Je ne saurais dire à quel groupe j'appartiens.

Je n'ai parlé à personne.

Nous avons d'abord rejoint une route de terre et de graviers, traversé des plaines calcinées – certaines encore en proie aux flammes –, avant de nous risquer sur une piste beaucoup plus sinueuse, récemment dégagée par les éleveurs. En haut d'une petite colline, nos huttes ont surgi au milieu des arbres à caoutchouc. De simples cabanes de bois aux toits de palmes. La mienne est la plus isolée, la plus éloignée de la salle commune, noyée dans la végétation. Je m'y suis réfugiée telle une taupe aveuglée regagne son terrier. Cela fait des heures maintenant que je suis assise sur mon matelas dur et humide. Prostrée. J'ai laissé la porte ouverte pour m'habituer au décor, au bruit, à tous ces sons que je ne reconnais pas.

Je me demande ce que je suis venue chercher à Rio Alma. J'espérais faire le vide. Mais dans la jungle, le vide n'a pas sa place. Le silence non plus. Alexandre n'a peut-être pas tort : c'est l'histoire de ma vie, décider de manière impulsive, écouter mon instinct et réfléchir ensuite. Jusqu'à présent, ces parties de poker avec le destin m'avaient plutôt bien réussi. Mais aujourd'hui ? Les dernières heures se confondent avec la brume qui masque l'azuré du ciel. Tout s'est précipité. Je me suis précipitée. Et si je ne peux ignorer la raison qui m'a poussée à partir, à fuir l'entregent parisien qui menaçait de m'anéantir, le choix de cette destination – la forêt amazonienne au Pérou – ne me semble plus si limpide. L'évidence qui a précédé mon départ a quelque chose d'inquiétant à présent. La fatigue du voyage n'y est sans doute pas étrangère. Cette nature si envahissante non plus.

Tout m'assaille. Je suis un animal aux aguets. Les arbres me donnent le vertige. Ils s'élèvent si haut que le soleil peine à se frayer un passage, même lorsqu'ils se cabrent sous le vent. Ils sont reliés les uns aux autres par un épais ramage de branches, de lianes, d'où s'échappent des bruits curieux d'une puissance assourdissante. Le chant des oiseaux ne parvient pas à composer de mélodie. Il est déformé par le bourdonnement de milliers d'insectes, par des bruissements d'ailes si rapides qu'on pourrait craindre une invasion de sauterelles. Des sifflements aigus ajoutent à la cacophonie. La nature dans son exubérance me dévore. Je ne m'y attendais pas. Je vois des ombres se former puis disparaître en créant d'étranges motifs sur le sol. Et pourquoi les singes hurlent-ils ?

Dans ce vertige des premières heures au campement, alors que la lumière décline, je me surprends à désirer qu'un fauve se jette sur moi pour me lacérer le corps et avaler ma douleur, qu'une nuée de rapaces m'attaque, qu'un scorpion me pique ou qu'un serpent m'étouffe. J'en viens à espérer un événement si cataclysmique qu'il m'empêcherait d'avoir à affronter la nuit et les jours à venir.

De : Rose Dessables
À : Alexandre Willers
Date : mercredi 15 mai 08:25
Objet : Mon petit garçon devenu grand

Mon fils,

« La terre brûlée » est une expression à bannir en Amazonie, quand le poumon de la planète part en fumée pour toujours plus de champs de soja, de coca ou d'élevages bovins. La route a été longue jusqu'à mon campement. J'ai parcouru des plaines incendiées, des zones d'épais brouillard que ne parvenait pas à percer le halo rouge du crépuscule.

L'air était irrespirable, les particules de cendres aveuglantes. J'ai surpris un bel oiseau bleu sortir d'un volcan de feu et s'éloigner des flammes. Maigre consolation devant ce spectacle de désolation. J'ai cru aussi apercevoir un jaguar prendre la fuite, mais mon chauffeur assure que ce n'est pas possible : pas un seul jaguar n'a été repéré dans la région depuis deux ans. Pourtant, je pourrais jurer l'avoir vu, majestueux, avec sa robe tachetée de rosettes noires.

Je suis fatiguée après un si long périple.

Par bonheur, le village qui m'accueille offre un horizon infini vert émeraude. Cette luxuriance m'apaise.

Tu aimerais ce spectacle… Enfin, je crois.

Je ne suis pas parvenue à profiter tout de suite du panorama car ce matin, je me suis réveillée, groggy, sur un matelas dur comme la pierre. Je n'ai plus l'âge des lits de fortune. Trop habituée à mon confort !

Et puis, je suis sortie goûter la température du jour. Ici, le temps est un concept lointain. Les heures s'égrènent au rythme du soleil et de la lune. La course des nuages est le baromètre des habitants du coin. C'est rassurant et poétique quand tu y penses. Déconcertant également, aux antipodes de l'agitation parisienne.

Revigorée par l'air chaud et tiède, je me suis assise près d'une femme qui tenait un bébé dans ses bras et je me suis souvenue d'un matin comme celui-là, à l'ombre d'un vieux chêne dans une forêt de Lozère. Je t'allaitais en chantant « Une chanson douce ». Tu me regardais avec tes grands yeux bleus, ronds comme des billes et cette moue curieuse. À six mois déjà, tu avais une assurance folle, toisant tous ceux qui tentaient de te faire sourire, l'air de dire : « Vous êtes grotesques avec vos mimiques de singe. » À six mois déjà, tu tenais tête. Mais à cette époque, j'étais ta forteresse. Au milieu de la foule, nous étions, toi et moi, sur une île déserte. Tu ne laissais personne pénétrer en notre royaume.

Ce tempérament bien enraciné, tu le tiens de ton père. J'ai toujours admiré et envié vos certitudes, moi, qui ne suis habitée que par le doute. C'est une force. Une liberté aussi. Je suis fière de ton indépendance d'esprit. Nous t'avons appris, très jeune, à être autonome. Aujourd'hui, je ne regrette rien, mais quand je regarde cette femme assise à mes côtés, j'aimerais que, un court instant, tu redeviennes ce petit garçon qui avait besoin de sa Maman.

Tes flèches, Alexandre, sont en acier trempé. Elles me transpercent.

Le vent est en train de se lever. Il balaie la cime des arbres et s'engouffre dans les feuillages. C'est un spectacle à la fois hypnotique et menaçant. Je crois qu'une tempête se prépare. Je l'entends gronder et cela me fait penser que, à cinquante ans, le temps qui passe sera bientôt le temps qui reste. Ce temps-là, mon Alex, je ne peux l'envisager sans toi.

Maman

P. S. : L'eau écarlate est dans le placard sous l'évier pour la tache de gras sur le tapis.

De : Jim Simon
À : Rose Dessables
Date : jeudi 16 mai 21:10
Objet : Un silence de plomb

Rose,

Est-ce que je t'ai blessée sans le savoir ? Fais quelque chose de travers ?

Pourquoi es-tu partie ? Je ne méritais pas d'être informé ?

Le succès t'effraie ? Tu as peur du regard de ton fils après le triomphe de « Shot de Gin » ?

As-tu changé d'avis ? Sur nous ? Sur la musique ?

Mille questions m'assaillent. Aucune réponse. Depuis un mois, je t'observe t'éloigner. Ces derniers temps, tu étais devenue distraite et distante.

Je n'ose pas ôter les draps. Je dors de ton côté du lit, le nez dans ton oreiller, pour avoir l'illusion de te serrer dans mes bras. Ton silence est pesant. Il prend toute la place, car derrière ce silence, Rose, je peux tout imaginer.

J'essaie de trouver un indice dans les textes de tes chansons. Pas un mot, pas une phrase ne m'éclaire sur ta disparition. Et pas une note non plus pour me mettre sur le chemin. Lorsque je saisis ma guitare, elle pleure comme un violon. Je n'arrive plus à composer. Tu es ma source d'inspiration.

Parle-moi.

Ton homme

P. S. : J'ai cinq demandes d'interview par jour. Les journaux veulent savoir qui se cache derrière « Shot de Gin ». Ils aimeraient faire ton portrait. Je leur réponds quoi ?

De : Alexandre Willers
À : Rose Dessables
Date : jeudi 16 mai 23:57
Objet : Arrête de nous casser les oreilles

Ah non, je t'en prie, garde tes souvenirs bien au chaud, ne m'inflige pas ta nostalgie dégoulinante. Côté musique, tu aurais dû te limiter à « Une chanson douce ». Depuis que « Shot de Gin » est un tube, je suis la risée de tous mes amis. Pas un jour sans que j'entende : « Wow, *so sexy* ta mère, elle envoie du lourd… » Est-ce que tu peux te mettre à ma place ? C'est humiliant pour toi et pour moi. Et surtout, je ne comprends pas.

Jusqu'à présent, tu avais toujours livré des textes inspirés. Dans tes romans ou tes documentaires, il y a de l'élan, de l'émotion, un style. Tu as une jolie plume. Pourquoi avoir écrit cette chanson minable dans laquelle tu joues un rôle aux antipodes de ce que tu es ? Ça t'amuse de passer pour une cougar alcoolique qui se noie dans des verres de gin et rêve d'une embellie dans les bras d'un pauvre type – je te cite – « moulé dans son jean » ? Par curiosité, qui est ce pauvre type qui n'a même pas les bons codes vestimentaires ?

Et cette femme-là, Maman, ce n’est pas toi ! Alors, pourquoi chanter ce texte pathétique ? J’ai honte pour toi… Et ton tapis, je m’en fous.

Ciao

P. S. : Si tu te fais tatouer, que tu deviens chamane ou que tu adoptes un petit Péruvien, surtout, je ne veux pas le savoir.

De : Rose Dessables
À : Adrien Willers
Date : vendredi 17 mai 08:10
Objet : Le Dernier Jour d'un condamné

Cher Adrien,

Je ne veux plus divorcer. Et toi, le souhaites-tu vraiment ?

Occupe-toi bien de notre fille chérie. Elle est fragile.

Hier, dans ma cabane au milieu de la jungle, j'ai eu une fulgurance en entendant au loin des tambours. Je pense qu'elle sera interrogée sur *Le Dernier Jour d'un condamné* de Victor Hugo. Fais-lui bien réviser ce texte. Elle manque de confiance en elle. Qu'elle insiste sur la portée politique de l'œuvre mais pas seulement. La force du roman est de contraindre le lecteur à se glisser dans la peau du narrateur, à voyager dans ses souvenirs et ses peurs, à être dans l'empathie, à lui trouver des excuses.

Une œuvre à méditer.

Rose

Le 17 mai

J'ai faim, je crève de faim, je meurs de faim, je pourrais manger un ours.

Ici, chacun reçoit ses repas dans sa hutte. Pas de partage. L'isolement dans la forêt est un rite obligatoire au début de chaque séjour.

Au menu, quelques racines, une petite cuillère de riz (je pense qu'en cuisine ils comptent les grains. Moi, je peux dénombrer ceux qui se battent en duel dans mon assiette), quelques morceaux de fruits. Pas de sucre, pas de sel ajouté et, pour couronner le tout, une décoction sirupeuse immonde de je ne sais quelle plante à la couleur brunâtre, au goût âcre d'ail cru, à l'odeur vomitive, à boire tout au long de la journée pour purifier son corps. Le mien n'est pas habitué à cette frugalité ni à ce genre de breuvage abject. Je ne sais pas s'il se purifie, mais il se purge. Depuis quarante-huit heures, si je m'éloigne des toilettes, c'est à mes risques et périls.

Après une période léthargique, mon esprit obsessionnel s'est remis à fonctionner à plein régime. Dans la torpeur de la jungle, je rêve d'une farandole de tomates colorées avec une burrata crémeuse, suivie de brochettes de gambas au gingembre accompagnées d'aubergines laquées. Pour parfaire le déjeuner, une boule de sorbet au chocolat amer agrémentée d'amandes effilées caramélisées. Le tout arrosé de quelques verres de thé glacé. Au dîner, une daurade grillée sur une tombée d'épinards vapeur. Et pour finir, une tarte à la rhubarbe ou un citron givré avec des myrtilles. Évidemment, le champagne coule à flots. Du blanc de noir, puissant, charpenté aux notes de pêches, de mirabelles et de pain toasté.

Aujourd'hui, devant mon assiette, rien de tout cela. La disette. Et mon estomac crie famine. Il est tellement retourné par cette diète drastique que j'en oublierais presque mes autres maux.

De : Rose Dessables
À : Jim Simon
Date : samedi 18 mai 08:47
Objet : Pardon

Mon Jim,

Je t'ai écrit une vingtaine de lettres sans me résoudre à t'en adresser une seule. Parce que, pour une fois, les mots me manquent. Certaines réalités méritent d'être digérées et mûries avant d'être exposées à tout vent. Et tant que les choses ne sont pas clairement énoncées, elles n'existent pas. Pour moi, en ce moment, c'est mieux ainsi même si je mesure le chagrin que je dois te causer.

Que te dire, sans te mentir ? Sinon que rien n'est ta faute. Tu n'es coupable de rien.

Tu es la seule personne à ne jamais m'avoir blessée. Tout chez toi n'est que caresse : tes mains, tes lèvres, tes doigts qui glissent le long des cordes de la guitare, les notes qui jaillissent sur la partition les jours d'inspiration, ce regard doux et tendre que tu poses sur moi, la fougue qui déforme ton visage quand tu me fais l'amour, l'intensité que tu mets en toute chose.

Comme si tu connaissais d'instinct la beauté, mais aussi la fragilité des grands frissons.

Avec toi, j'ai eu l'impression d'être la septième merveille du monde, une terre vierge à conquérir où tout peut fleurir. Si tu savais à quel point tu m'as troublée. Tu as fait renaître des désirs, si profondément enfouis que j'avais oublié leur vibration et occulté jusqu'à leur existence. Avec toi, je me suis sentie vivante. Tu m'as offert des voyages dans des territoires inconnus, m'obligeant à pousser les murs et j'ai adoré ça.

Sans toi, jamais je n'aurais eu l'idée, qui aujourd'hui encore me semble saugrenue, de chanter. Je n'osais même pas fredonner dans ma baignoire. Tu as réussi à faire éclore ma voix et cela relève du miracle. Il n'y avait que toi pour ne pas réaliser à quel point je chantais faux. Quand je repense à ces heures de cours que tu m'as obligée à suivre pour apprendre à respirer, à placer ma voix, à la projeter dans le souffle. Grâce à toi, à ton acharnement, j'ai découvert mon timbre. Quelle sensation étrange de s'écouter et d'entendre quelqu'un d'autre. Merci pour ce beau cadeau. Chanter relève du divin, me propulse dans un ailleurs plein de poésie et de légèreté.

Mais je serais malhonnête si je ne t'avouais pas que je m'interroge sur le sens profond de cette aventure. Au début, elle m'amusait et participait du jeu amoureux entre nous. Être ta muse, la source vive qui nourrit ta musique était follement excitant et soignait mon ego.

Ensuite, le projet est devenu sérieux, au point de me dépasser. J'ai toujours rêvé d'être écrivaine, auteure de documentaires ou de cinéma. Mais aussi loin que je m'en souvienne, pas un seul instant, je n'ai imaginé chanter. Je ne me suis pas préparée à cette éventualité. Mon fils non plus.

Alexandre, tu le sais, tient des propos d'une violence inouïe. Il a honte de moi, te rends-tu compte ? C'est difficile à accepter. Ses mots m'accablent. Alexandre ne fait pas la différence entre la femme et l'artiste. Il prend au premier degré les paroles de « Shot de Gin » comme si elles traduisaient mes propres désirs. Je suis perturbée par sa réaction et impuissante à lui fournir une explication qui l'apaise. Qui m'apaise.

Je ne te cache pas mon soulagement d'être à huit mille kilomètres de Paris et de ne pas pouvoir répondre aux journalistes. Je suis peut-être lâche, mais je n'assume pas complètement le succès qui nous tombe dessus.

Accepte les interviews, toi. Ce titre et les autres que nous avons enregistrés te ressemblent. Ils sont nés de ton énergie et de ce talent incroyable qui t'habite.

Jim, tu es un grand compositeur. Il est temps que le monde le sache. Entre dans la lumière.

Tendres baisers d'Amazonie,

Rose

De : Adrien Willers
À : Rose Dessables
Date : samedi 18 mai 15:10
Objet : La puissance de la connerie

Rose a eu une fulgurance au son des tambours ?! Rose a-t-elle d'autres conneries du genre à asséner ?

Rose, est-ce que tu prends de la drogue ? Il paraît que celle des chamans est très puissante. Avec toi, on peut s'attendre au pire. En pleine possession de tes moyens, tu es délirante et inconséquente, alors si tu te mets à fumer le calumet de la paix, j'ai peur que tu restes perchée.

Est-ce au cours d'un de tes voyages cosmiques que tu as décidé de ne plus signer les papiers du divorce ?

Je vais te ramener sur terre avec deux ou trois réalités que tu n'auras pas le mauvais goût de contester :

Rose a quitté Adrien…

Rose a voulu divorcer…

Rose a pris un avocat…

Rose n'a pas laissé le choix à Adrien…

Donc maintenant qu'Adrien a digéré tout ça, Rose va signer ces putains de papiers parce que Adrien a envie de refaire sa vie et au plus vite (pardon d'être vulgaire, mais il n'y a vraiment que toi pour me mettre dans une rage pareille).

Tu m'as souvent reproché d'être « légitimiste » et « d'un conformisme bourgeois ». Tu as raison, je le suis et j'ai donc besoin que notre mariage soit légalement annulé afin qu'il ne soit plus qu'un lointain souvenir.

Et dis à ton mec d'arrêter de harceler ma fille. Il l'appelle tous les jours pour avoir de tes nouvelles. Il y a de l'eau dans le gaz entre Rose et Jim ? Déjà ?

Bien à toi,

Ton ex-mari

De : Elisa Willers
À : Rose Dessables
Date : samedi 18 mai 23:50
Objet : Ce fil invisible qui nous relie

Maman,

Je me suis installée chez Papa en ton absence.
Il s'est mis en tête de m'aider à réviser mes oraux.
Va savoir pourquoi, il fait une fixation sur *Le Dernier Jour d'un condamné*.
Il m'en a parlé hier, ce matin et à midi !
Ce soir, nous avons dîné chez l'Italien du coin.
Comme nous en avions l'habitude tous les quatre.
Demain, Alexandre repart à New York.
Tu flottais au-dessus de la table.
Au milieu du repas, « Shot de Gin » est passé à la radio.
J'ai cru qu'Alex allait s'étouffer avec sa pizza.
Papa a ri.
Je ne sais pas ce qui lui plaît le plus.
Ton audace ou le fait qu'Alex ait arrêté de te sublimer.
Je me suis accrochée avec lui lorsqu'il a dit : « Alexandre, il était temps que tu réalises qui est ta mère. Oui, oui c'est un être sexué. Elle a des rides et les seins qui tombent, mais elle a encore des envies qu'elle

exprime en chanson et il paraît que c'est de l'art. Il faut t'y faire, mon grand. »

Tu as bien raison d'assouvir tes passions, Maman.

Papa a poursuivi avec une théorie fumeuse sur le nœud œdipien et un compte rendu de tes névroses.

Alex n'a pas terminé sa pizza.

Ils ont enchaîné les Limoncello et tes oreilles ont sifflé.

J'ai pris ta défense mais je ne te comprends pas.

Ton départ me désarçonne et me reste en travers de la gorge.

Tu déploies une énergie phénoménale à courir après tes rêves.

Quand ils sont enfin là, à portée de main, tu t'enfuis.

« Shot de Gin » est numéro un sur Spotify, Deezer et Apple Music.

Je te fais suivre une capture d'écran.

Incroyable, non ?

Ce n'est pas ce que tu voulais, Maman ?

Je me couche avec la boule au ventre.

Je repense à toutes ces années où nous avons vécu heureux, ici, ensemble.

Il y a ce fil invisible qui nous relie.

Je le sens plus indestructible que jamais même si tu n'es pas là.

D'ailleurs, je ne parviens plus à me souvenir pourquoi tu as quitté Papa.

J'ai oublié.

À vite.

Je t'embrasse fort,

Elisa

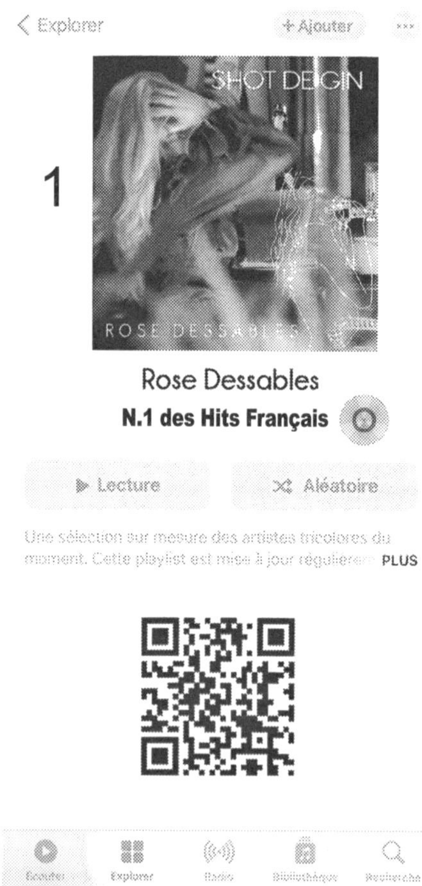

Shot de Gin

Ma vie me défie
Le meilleur et surtout le pire
Le pire me déchire
Il faudrait ne pas se souvenir
Partir sans prévenir
Sans revenir

Un homme se faufile
Dans un dernier Shot de Gin
J'aime le frisson qu'il me file

Adieu les heures mélancoliques
Adieu les amours chaotiques
Ni sex addict
Ni platonique
So sexy
So sexy

C'est de l'adrénaline
Cet homme qui se faufile
Qui me défie
Dans ce dernier Shot de Gin
Serré dans son jean

De nouveau ma vie défile

J'ai noyé mes désirs et mes envies
Dans des tentations toxiques
Amnésiques
Dans des lits salis

Où est cet homme qui se faufile
Qui me défie
Dans ce dernier Shot de Gin
Serré dans son jean

Adieu les heures mélancoliques
Adieu les amours chaotiques
Ni sex addict
Ni platonique
So sexy
So sexy

Je cherche l'embellie
Je pleure, j'implore
Partir avec cet homme
Ne jamais revenir

Il me faudrait un dernier Shot de Gin

1. Pour écouter la chanson « Shot de Gin », flashez le QR code.

Le 18 mai

J'ai enfin rencontré El Maestro Paco, le chaman de Rio Alma. Il était allongé, torse nu, dans un hamac sous une tonnelle, fumant un mapacho. À mon arrivée, il s'est redressé, prenant place sur un tabouret tressé de lianes et m'a observée avec soin avant de m'inviter, dans un geste bref, à m'asseoir en face de lui. Pommettes saillantes, yeux effilés, peau tannée, dos droit, cheveux ébène. Taiseux.

Pour rompre la glace et chasser le sentiment désagréable d'avoir à subir un examen de passage, j'ai entrepris de lui raconter mes premières impressions au village. Il n'y a prêté aucune attention, s'est levé et a soufflé une épaisse volute de tabac en direction de mon visage. J'ai reculé jugeant le geste cavalier mais, étonnamment, lorsque la fumée a atteint mes narines, j'ai respiré un bol d'air frais. L'oxygène du Mont-Blanc qui s'invite dans la moiteur de l'Amazonie est une sensation déconcertante. El Maestro s'est éclipsé dans sa cahute et, un court instant plus tard, en est réapparu avec un petit cochon d'Inde entre les mains. Tenant en horreur les rongeurs – la simple vue d'une souris me fait courir à l'autre bout d'une pièce plus vite qu'un chat à sa poursuite –, j'ai amorcé un nouveau mouvement en arrière. Cela n'a pas découragé mon hôte qui s'est approché de moi d'un pas déterminé. Avant que j'aie pu ouvrir la bouche, il s'est mis à me frictionner tout le corps avec l'animal qui poussait des cris de plus en plus stridents, de plus en plus perçants, surtout lors du passage concentrique sur mon ventre. Une scène surréaliste ! Je n'avais pas donné mon consentement, mais je me laissais faire en essayant de bouger le moins possible parce que j'avais peur que cette saleté me morde. Peur d'attraper la rage. Et puis j'ai estimé que, après tout, la rage…

Au bout de plusieurs minutes qui ont duré une éternité, le maître a déposé la bête au sol. Elle s'est retournée sur le dos, s'est débattue dans une respiration sifflante, les yeux injectés de sang, les pattes raides. Elle a livré son dernier souffle à quelques centimètres de moi.

Les voies de la pensée sont impénétrables. À ce moment précis, la mort à mes pieds, j'ai songé à Ratatouille, *ce dessin animé qu'affectionnaient tant les enfants. L'histoire de ce petit rat d'égout qui se mue en grand rat de la gastronomie. On finit par l'aimer, ce nuisible courageux et talentueux, celui-là même qu'on déteste et qu'on empoisonne dans nos villes. On s'attache à Rémy. Et à la fin… Il ne meurt pas.*

À peine avais-je eu le temps de reprendre mes esprits que déjà Paco dépeçait l'animal, l'éventrant d'un coup de couteau expert. Le sang gicla, un liquide maronnasse se répandant de part et d'autre de son pelage. J'aurais dû être dégoûtée. J'étais, au contraire, fascinée. J'ai alors tenté plusieurs questions : de quoi était mort le cochon d'Inde ? D'avoir été trop serré, trop secoué ? D'ailleurs, de quelle espèce s'agissait-il ? Pourquoi ce corps-à-corps ? Ce rituel barbare de dissection ? Un sacrifice ?

Pas de réponse. Pas bavard, El Maestro, et peu enclin à m'éclairer. Ses doigts inspectaient l'intérieur de l'animal, son regard fiévreux ne quittait pas ses entrailles. Le mien non plus. Lorsqu'il eut fini cette observation méticuleuse, il se mit à chanter. Sa voix rauque de fumeur devint cristalline, d'une beauté sidérante. Impossible de saisir les paroles de ce chant semblable à une litanie des Saints tant de fois entendue à l'église. Je pouvais percevoir des sonorités répétées, mais je n'avais pas accès au sens des mots sans doute prononcés dans la langue des Aguarunas, l'awajún. J'avais peur que la communication entre nous soit difficile jusqu'à ce que Paco s'adresse à moi dans un espagnol parfait, me demandant si je me souvenais de mes rêves récents. Je lui ai expliqué que j'avais fait le même cauchemar ces deux dernières nuits : je voyage, depuis des heures, dans un bus avec des touristes sympathiques. Lors d'une halte, je sors quelques minutes me dégourdir les jambes sans m'inquiéter pour mes bagages puisque je suis en bonne compagnie. À mon retour dans le car, je réalise qu'on m'a volé mon sac à dos. À l'intérieur se trouvaient tous les bijoux qui comptent pour moi. Pas forcément des cailloux de valeur, mais les colliers, les bagues, les bracelets qui racontent une histoire. Autant de souvenirs qui tracent l'atlas d'une vie. J'éprouve un sentiment de perte immense. Je suis aspirée par un vide vertigineux, je tombe dans le néant. On m'a volé ma vie. Je me réveille en sueur, le cœur battant, la gorge nouée.

Paco m'a écoutée, cette fois avec intérêt et il commente : « Il y a un esprit qui dévore ton ventre. Il faut le chasser. Mais tu dois d'abord retrouver ton âme. Elle est vagabonde. Elle s'est trop éloignée. Elle doit revenir. Tu vas marcher longtemps, tous les jours, dans la forêt. Demain, je te donnerai une autre plante à boire. Elle va ouvrir ton œil. »

De : Jim Simon
À : Rose Dessables
Date : dimanche 19 mai 05:40
Objet : J'ai froid sans toi

Rose,

Il y a ce que ton mail dit et ce qu'il ne dit pas.

Tu aurais pu commencer par le début. Où es-tu exactement ? J'ai du mal à croire à cette histoire de reportage. Et tu le confesses d'ailleurs, tu es heureuse d'être loin de Paris pour échapper à la promotion de « Shot de Gin ». Heureuse aussi d'être loin de moi ? Tu parles de nous au passé.

Je nage en plein cauchemar. Ton absence me déchire. Je ne dors plus. Mes jours et mes nuits se ressemblent et me plongent dans une torpeur baignée de sueurs froides que rien n'apaise. Je ne devrais pas te le dire. Un homme qui avoue sa détresse ne fait pas rêver, n'est-ce pas ? Toi, tu aimes les rocs. Tu aimes les piliers. Tu n'as de respect que pour les hommes qui prennent le pouvoir et imposent leur volonté. Et puis un homme ne pleure pas.

Tu m'as dit un jour : « Il ne faut pas me donner le choix. » J'ai été plutôt perplexe, car cela contraste avec ton caractère. Tu es une femme qui règne sur son monde, Rose. Tu règnes sur le mien. Je te laisse la lumière. J'aime l'ombre surtout si c'est la tienne.

Reviens. Je t'aime,

Ton homme

De : Rose Dessables
À : Jim Simon
Date : dimanche 19 mai 08:05
Objet : For sex only !

Jim,

Quand je dis : « Il ne faut pas me laisser le choix. » Ce n'est valable, qu'à l'horizontale ! Debout, sur mes deux pieds, la tête sur les épaules, j'ai besoin de décider même si je tergiverse sans cesse.

Tu ne devrais pas te mettre dans un tel état. Surtout en pleine nuit. Tu as tant de belles choses à vivre.

Ce matin, j'ai de nouveau rendez-vous avec le chaman du village. Ce sera peut-être le personnage principal de mon documentaire. Je ne peux pas le faire attendre.

Je t'écrirai plus longuement demain.

Tendresse,

Rose

De : Rose Dessables
À : Adrien Dessables
Date : dimanche 19 mai 08:33
Objet : Une sacrée paire de seins

Cher Adrien,

Pour ta parfaite information, je me suis fait refaire les seins avec ta pension alimentaire. J'ai les tétons qui pointent vers le ciel, fiers comme à vingt ans.

En outre, je ne crois pas être la seule à subir la loi de la pesanteur. Je te prierais donc d'éviter de me dénigrer auprès de mon fils, surtout avec des considérations aussi vulgaires. J'aimerais qu'il conserve une belle image de sa mère bien que celle-ci ait été manifestement écornée ces derniers temps.

Elisa voulait savoir pourquoi je t'avais quitté. Je lui ai dit que je te trouvais « chiant » comme la pluie. J'aurais pu préciser que ton arrogance teintée d'autoritarisme et tes leçons de morale permanentes m'asphyxiaient, mais je me suis abstenue.

Est-ce que je dois ajouter la mégalomanie à ta panoplie ? Tu parles de toi à la troisième personne à présent ?

Tu devrais, toi aussi, fumer le calumet de la paix pour redescendre de tes hauteurs et enterrer la hache de guerre.

Bonne journée,

Rose

De : Alexandre Willers
À : Elisa Willers
Date : dimanche 19 mai 23:50
Objet : Canapé Flingué

Lili,

Arrivé à NY. Appartement vide. Rebecca a pris toutes ses affaires. Elle m'a quitté. Sans esclandre et sans drame. D'un simple mot laissé sur la table. Même pas un SMS, juste une missive déposée entre le bol de café et les miettes du petit déjeuner pour dire : « Salut, je me casse. » Est-ce la dernière tendance ? Les femmes d'aujourd'hui sont d'une grossièreté confondante. Et elles manquent d'imagination.

Ce qui m'inquiète le plus, c'est mon absence totale de chagrin. Je cherche en moi la trace d'une affliction, d'un abattement ou d'une amertume : rien. Le néant. Si je creuse un peu, je vais peut-être trouver une once d'orgueil blessé. Comment une fille peut-elle passer à côté d'un mec aussi génial que moi ! Tu es d'accord, sœurette ?

La seule chose qui me désole, c'est l'énorme auréole de coloration rousse que ses cheveux mouillés ont laissée sur mon canapé crème. Je crains que ce ne soit irrécupérable. J'aurais dû embarquer dans ma valise l'eau écarlate de Maman.

Au fait, as-tu de ses nouvelles ?

Lili, tu crois que je suis un sociopathe ? Tu te souviens de notre période chien et chat ? À l'adolescence, tu me traitais de sociopathe.

Ce soir, mon indifférence m'effraie. C'est pourtant de mon âge de collectionner les aventures, de multiplier les expériences. Rebecca était plus qu'une sex-friend. Je l'aimais bien. Enfin, il me semble…

Des bisous new-yorkais,

Ciao, ciao

De : Elisa Willers.
À : Alexandre Willers
Date : lundi 20 mai 12:49
Objet : Balaie la colère

Mon grand frère chéri,

À errer dans cet appartement qui est devenu celui de Papa, je me heurte à votre absence.

Celle de Maman, la tienne.

La nostalgie de ces années où nous avons vécu ici tous les quatre m'étouffe.

J'entends encore vos pas sur le parquet.

J'entends vos rires imbéciles.

Je sens aussi l'odeur des croque-monsieur du dimanche.

Nous avons été heureux, n'est-ce pas ?

Si tu es capable de répondre oui, tu n'es pas un sociopathe.

Les femmes manquent d'imagination ?!

Ouvre les yeux, tu pourrais être surpris.

Maman n'en manque pas. Tu ne le nieras pas.

Si tu étais moins pressé de la détester…

Si tu acceptais de la voir telle qu'elle est et non pas telle que tu voudrais qu'elle soit…

Si tu lui reconnaissais le droit de ne pas être seulement ta mère…

Alors tu arrêterais de la chercher dans toutes tes conquêtes.

Aucune femme ne sera jamais Maman, Alex.

Et cette colère que tu as en toi, avant de la toucher, elle, elle te détruit, toi.

Je t'envoie une photo de classe accrochée au-dessus du secrétaire de ta chambre.

La fille que tu regardes avec insistance, si j'ai bonne mémoire, s'appelle Annabelle Leroy.

Tu étais dingue d'elle.

Le mec fou d'amour n'est pas loin.

Va le chercher et reviens vite,

Lili

P. S. : Si tu veux des nouvelles de Maman, écris-lui.

Le 21 mai

Marcher longtemps, combien de temps ? Me fondre dans ce camaïeu de vert clair, foncé, délavé, translucide, opaque. Du vert à perte de vue. Du vert à l'infini. Une orgie de vert. Toute la palette du vert, la couleur de l'espoir quand je peine à rassembler la force de me lever. Hier au réveil, mes paupières étaient lourdes, un marteau-piqueur pilonnait ma tête, écrasant mes pensées. Cela m'a demandé un effort surhumain de me mettre debout sans chanceler. Je crois que la nouvelle décoction de Paco censée m'ouvrir l'œil embrume mon esprit. À présent, je fais des cauchemars dont je ne parviens pas à me souvenir, comme si un monstre voulait filer mais restait à l'intérieur, tapi dans l'ombre. J'essaie de ressusciter des images pour dessiner les contours du monstre. Elles m'échappent.

Ce matin, j'allais un peu mieux. Je me suis élancée plus légère dans la forêt.

Depuis mon arrivée, je cherche mon arbre. L'arbre idéal à l'ombre duquel j'aurais envie de me reposer, de déposer mes bagages. Il existe quelque part. Je vais le trouver, je suis là pour ça.

Je marche en essayant de respirer. L'air est chaud, compact, humide. En inspirant, j'ai l'impression de me remplir d'eau. J'avance à pas de louve, avec prudence.

Au début, j'observais la canopée dans l'espoir qu'un rayon de soleil vienne me caresser le visage. De peur aussi qu'un paresseux ou qu'un singe-écureuil me saute dessus. Il y a sans cesse de grosses feuilles et des fruits qui tombent à terre. Mais je préfère être assommée que mordue par un serpent. Alors je marche en regardant mes pieds. Surtout depuis que je sais que plus de trois cent cinquante espèces différentes nichent dans le sous-sol. Il ne manquerait plus que je piétine un Grage, le reptile le plus dangereux d'Amérique du Sud dont le venin peut être mortel pour les plus faibles.

Je suis faible. J'essaie d'oublier.

Et je m'aventure chaque jour plus profondément sans penser aux mygales, aux chenilles urticantes, aux scorpions que je pourrais croiser. J'ai des chaussures de brousse montantes et ne porte que des vêtements longs. J'avais imaginé aussi m'enrouler avant mes excursions dans ma moustiquaire. Et puis, j'ai renoncé à la décrocher de mon lit. Il y a tant d'obstacles à franchir – des branches à éviter, des troncs à enjamber, des lianes à contourner – qu'elle aurait été vite déchirée.

El Maestro m'a donné une racine aux petites nervures rouges à frotter le matin sur mon corps, en remontant du nombril à la gorge. Je m'exécute sans comprendre tout à fait pourquoi. Au départ, l'odeur me déplaisait, intense et anisée. Je m'y suis habituée. Elle masque celle formée par le bois en décomposition, l'épaisse couche d'humus, les champignons… Elle me réconforte.

La communauté qui m'accueille pense que chaque entité naturelle a une âme : chaque plante, chaque animal, chaque insecte. Même les papillons de nuit qui ne vivent que quelques heures en possèdent une. Cette autre façon de peupler l'univers, si éloignée de nos croyances occidentales, me touche. Parce qu'elle m'oblige à être contemplative. À ne rien manquer du cycle de la vie et de la mort qui parfois m'étourdit. Aujourd'hui par exemple, j'ai observé, de longues minutes durant, une libellule se débattre dans une toile d'araignée géante. Au moindre battement d'ailes, elle s'enroulait davantage dans le maillage visqueux de la toile. Il m'a semblé être en communion avec cette libellule, prisonnière comme elle, d'un piège dont personne ne viendrait me libérer.

Je suis ici en pèlerinage, pour regarder à l'intérieur de moi. Je suis rattrapée par cette culture qui invite à se tourner vers l'extérieur pour comprendre ce que nous enseigne une vallée ou une montagne, ce que révèle l'esprit d'une rivière ou d'une cascade. Je n'avais pas envisagé ce parcours clair-obscur. C'est peut-être comme ça que je trouverai la paix.

Pour ne pas me perdre en chemin, j'ai d'abord imaginé semer des cailloux comme le Petit Poucet, mais le décor est en perpétuelle mutation, le vent charrie des graines, des animaux foulent le sol, alors pour baliser mon trajet, je grave l'écorce des arbres. J'y inscris les initiales des enfants assortis d'un numéro pour marquer ma progression. J'ai envie de croire que l'esprit de la forêt leur adresse mes pensées. Qu'ils ressentent mon amour. J'effleure les feuillages comme j'effleurais leurs fronts le soir pour qu'ils s'endorment.

Au-dessus du vide, dans le noir, vers l'inconnu, au bord de l'abîme, il ne reste qu'eux. J'aimerais qu'ils le sachent.

De : Rose Dessables
À : Elisa Willers
Date : mercredi 22 mai 08:56
Objet : Indestructible

Ma chérie,

Je suis heureuse que tu te sois installée chez Papa dans cet appartement qui abrite nos meilleurs souvenirs. Ce fil invisible dont tu parles qui nous relie à jamais est indestructible.

Comment se déroule ton stage dans son entreprise ? Je n'ai pas compris ce que tu faisais exactement. J'espère que ça ne te détourne pas de tes révisions d'examens.

Tu t'interroges encore sur les raisons qui m'ont poussée à quitter ton père. Que te dire sinon qu'un matin je me suis réveillée et j'ai pensé que c'était terminé. J'ai regardé notre mariage comme la surface d'un lac tranquille avec une furieuse envie de me jeter dans une mer déchaînée pour me sentir en vie.

J'ai vu tant de couples s'aimer avant de sombrer dans l'indifférence et finir par se dégoûter et se détester. Je voulais nous épargner ça. Pas de haine, pas de guerre entre lui et moi. Juste cette usure que nous n'avons pas su reconnaître et dont le poison silencieux nous a infestés au point de m'étouffer.

Voilà, c'est la chronique tristement banale de chemins qui bifurquent. On change de train, on quitte des rails tout tracés pour une destination inconnue. Il est nécessaire, parfois, de faire un pas de côté pour avancer. C'est ce que j'ai fait.

Et je ne regrette rien. À huit mille kilomètres, si loin de vous, si loin de tout, il ne reste que la beauté de notre histoire d'amour. Les petites aigreurs, les mots d'oiseau partis trop vite, les reproches se sont dissipés. Quand je pense à toi, à ton frère, une autre image se superpose toujours : celle de votre père. Je la regarde avec beaucoup de tendresse.

Mille baisers,

Maman

De : Adrien Willers
À : Rose Dessables
Date : mercredi 22 mai 14:20
Objet : En un clic…

Je suis ravi de savoir que tu fais bon usage de ma pension alimentaire.

Mon avocat va t'envoyer une version électronique des papiers du divorce. En un clic, tu signes, et c'est réglé.

Bien à toi,

Adrien

De : Adrien Willers
À : Alexandre Willers
Date : mercredi 22 mai 14:35
Objet : On n'a qu'une mère

Mon fils,

Cette dernière soirée à Paris m'a fait un bien fou. Tu n'as rien perdu de ton esprit affûté comme une lame de rasoir. Je m'en réjouis !

Il est aussi touchant pour un père de constater que les enfants, quel que soit leur âge, ne sont pas préparés à la séparation de leurs parents.

J'ai eu la dent dure contre Rose et je m'en veux. Parce que ce divorce ne concerne que nous et qu'il n'enlève aucun mérite à ta mère. Elle vous a élevés comme une louve. Elle vous aime plus que tout.

Aujourd'hui, elle prend le large. C'est moi qu'elle quitte, pas vous.

Rien ne justifie tes foudres, Alex, ni ce jugement violent que tu portes sur sa musique. Tu as le droit de ne pas apprécier ses chansons. En revanche, il ne t'appartient pas de la juger, encore moins de la dénigrer. Nous sommes tous des êtres imparfaits, mais reconnais-lui cette qualité : elle met du cœur et de l'intensité dans tout ce qu'elle entreprend. L'authenticité est une vertu rare qui mérite ton respect.

Crois-moi, l'idéalisme de ta mère vaut mieux que ton sarcasme et le mien réunis, même s'ils sont jubilatoires le temps d'un dîner.

Une mère, on n'en a qu'une. Ne l'oublie pas. Si moi, ton vieux père qui est si triste d'avoir perdu la sienne ne te le rappelle pas, qui le fera ?

Reviens vite qu'on puisse déconner un peu. J'adore mes soirées en tête à tête avec ta sœur, mais elle est si sérieuse… Et elle n'apprécie pas autant que toi mes blagues potaches !

Papa

De : Alexandre Willers
À : Elisa Willers
Date : mercredi 22 mai 08:52
Objet : Un truc que tu as oublié de nous révéler ?

Ma chère sœur,

Je rêve ! Tu me donnes des leçons maintenant ? C'est toi ou c'est moi, l'aîné ? Je croyais que tu faisais un double master intelligence artificielle/philosophie. D'ailleurs, je me suis toujours interrogé sur cette association étrange. Quel est le rapport entre ces deux enseignements ?

J'ignorais que tu avais aussi pris l'option psychologie. « Je cherche Maman dans toutes mes conquêtes » ?! C'est dans tes bouquins que tu apprends à emprunter de tels raccourcis ? Je ne te félicite pas pour cette conclusion merdique.

En revanche, j'ai souri en découvrant la photo que tu m'as envoyée. Sais-tu que j'ai croisé par hasard Annabelle dans les rues de Paris l'an passé à Noël ? Elle a l'œil morne et le cul en goutte d'huile. Mais tu as raison : à l'époque, elle me faisait rêver. Jamais réussi à lui rouler une pelle. Aujourd'hui, crois-moi, elle ne fait plus envie.

Et toi sœurette, que fais-tu enfermée dans ta chambre jour et nuit ? Depuis des années, tu passes des heures devant tes ordinateurs. Maman et Papa s'en sont toujours inquiétés.

Tu es une solitaire. Quand vas-tu cesser d'étudier, t'échapper, quitter le nid, sortir, danser, t'épiler les jambes et les aisselles… Baiser ? Je ne sais même pas si tu es une femme. Tu ne nous as jamais présenté personne. Est-ce que tu es lesbienne ? Si c'est le cas, ne sois pas gênée de me l'annoncer.

Ciao, ciao

Ton frère qui t'aime

De : Rose Dessables
À : Adrien Willers
Date : mercredi 22 mai 08:59
Objet : 1 000 vies ne suffiraient pas

Cher Adrien,

Mais pourquoi veux-tu à tout prix que nous divorcions ? La séparation de nos biens est effective depuis longtemps. D'un point de vue financier, il n'y a aucun enjeu. Tu as tout le loisir de refaire ta vie. Rien ne t'en empêche. Pour l'heure, que je sache, tu n'as pas l'intention de te remarier. Alors pourquoi autant d'empressement ?

Tu as raison : je suis partie, j'ai rencontré un autre homme, j'ai voulu divorcer, je t'ai imposé un avocat. Et j'ai changé d'avis. Cela ne devrait pas te surprendre. Tu m'as si souvent reproché ma légèreté et mes revirements. Toi, tu es un monomaniaque de l'expérience unique. Tu aimes les routes balisées, surtout lorsque c'est toi qui poses les balises. Moi, je suis une exploratrice. Je préfère les chemins de traverse. J'ai besoin de multiplier les essais. Tu considères que je m'éparpille telle une écervelée parce que tu n'as jamais compris qu'il y avait une ligne directrice à tout ce que je faisais. Quand j'exerce mon métier de journaliste, quand j'imagine des romans, des scénarios de films, de docufictions, quand j'écris des chansons que j'ai le culot d'interpréter, je suis animée par une seule volonté : raconter des histoires. C'est le leitmotiv de tout ce que je tente. Ce faisant, je prends des risques, je me mets en danger devant un micro, mais j'ose, Adrien. J'essaie et je me réinvente. Parfois, je me trompe. De temps en temps, je fais demi-tour.

Notre séparation n'était pas une erreur. Je ne la regrette pas. Je ne voulais pas de cette usure tranquille, reclus dans nos murailles respectives. Je ne pouvais pas admettre que nous soyons chaque jour un peu moins que ce que nous avions été la veille. Cette conversation sur l'érosion de notre couple, tu n'as jamais accepté que nous l'ayons. Tu as toujours préféré mettre la poussière sous le tapis. C'est dommage. Et moi, je n'avais sans doute pas le bon mode d'emploi pour te parler.

En revanche, le divorce est une erreur. La mienne, je m'en excuse.

Si demain, je finis mes jours avec Jim ou que je multiplie les amants jusqu'à mon dernier souffle, à l'arrivée, un pied dans la tombe, il ne restera que toi. Parce qu'il me faudrait 1 000 vies pour reconstruire ce que nous avons bâti. J'ai grandi avec toi, je suis devenue une femme avec toi, une adulte avec toi. J'ai franchi la ligne fatale des quarante ans avec toi. Tu es le père de nos deux merveilleux enfants. Tout ce que je suis, je le partage avec toi. Tu as injecté tant de beauté et de bonheur dans mon existence. Donc je ne veux pas d'un divorce qui n'est rien d'autre qu'un coup de ciseaux imaginaire où chacun a l'illusion de repartir avec ses malles. Nous avons trop de valises en commun.

Et j'aime savoir que si, demain, je me fais dévorer par un anaconda en reportage, tu seras l'homme à qui tout revient.

Des baisers,

Rose

P. S. : Le jour où tu auras envie de conduire une autre femme devant monsieur le maire, tu as ma parole : en un clic, j'apposerai ma signature électronique sur les papiers du divorce.

De : Elisa Willers
À : Alexandre Willers
Date : jeudi 23 mai 02:38
Objet : Tu devrais te mettre à la philo !

Cher Alex,

Si j'étais lesbienne, je n'aurais aucun mal à te l'annoncer.

Mais j'aime les mecs qui aiment les femmes avec des poils sous les bras.

Je les rencontre sur la toile.

Parfois, je ne prends même pas la peine de me déplacer pour les sentir de près.

Il y a mille et une façons de jouir.

Tu serais surpris de tout ce qu'on peut faire par écrans interposés.

Toi qui penses que les femmes manquent d'imagination !

Et que j'ai du mal à quitter les jupes de Maman.

Donc pour répondre plus précisément à ta question…

Devant mon ordinateur, il m'arrive de baiser.

Mais la plupart du temps, je travaille ou je m'informe sur notre monde en perdition. Notre démocratie qui bat de l'aile. Notre planète à l'agonie.

J'essaie d'interagir. D'agir.

L'amour attendra. Je sais qu'il viendra.

J'ai beaucoup d'amour à donner, mais le bon moment, c'est important.

Tu te demandes quel est le sens de mon double cursus.

L'intelligence artificielle bouleverse notre quotidien, nos métiers et nos sociétés.

Elle ouvre la voie à la connaissance illimitée.

Elle crée des machines plus rapides que l'homme.

Un jour, peut-être, elle trouvera le chemin de la vie éternelle.

Cette révolution technologique est-elle en train de nous dépasser ?

Elle peut être synonyme de progrès pour l'humanité ou devenir une arme plus dangereuse que la bombe atomique.

Et si la machine s'emballait et finissait par se retourner contre son créateur ?

Tu as vu *Matrix* ? *Inception* ?

À l'heure où plus de dix millions de personnes ont déjà adopté Replika, l'amie virtuelle qui vous veut du bien et se soucie de vous (tu devrais essayer, elle sera beaucoup moins décevante que tes petites amies de passage car elle est très docile).

À l'heure où les implants cérébraux testés sur les singes s'apprêtent à l'être sur l'homme…

La philosophie permet de réfléchir à cette révolution.

À des perspectives humaines, culturelles et même spirituelles pour encadrer le changement.

Voilà. Tu sais tout.

À mon petit niveau, j'aimerais trouver des solutions pour éviter les dérives, la manipulation d'apprentis sorciers en tout genre ou les prises de pouvoir totalitaires.

Et la philo m'aide à y voir clair.

Il est tard, grand frère. Je t'embrasse,

Lili

De : Alexandre Willers
À : Rose Dessables
Date : jeudi 23 mai 05:55
Objet : Explique-moi

Ma très chère Mère,

Tes frasques musicales me poursuivent jusque dans mon lit à New York. J'ai été réveillé en pleine nuit par un « baveux » qui écrit dans l'un de ces magazines people. Ne me demande pas son nom, je me suis empressée de l'oublier. Il voulait savoir ce que je pensais du succès fulgurant de ma Maman ! J'espère que ce n'est pas ton amant qui a eu le mauvais goût de lui communiquer mon numéro de téléphone.

Je l'ai éconduit comme il se devait avec toute la délicatesse dont je peux faire preuve. Au passage, j'ai tout de même glissé que tu avais retrouvé la voie(x) de la raison (j'imagine que tu apprécieras le jeu de mots) en retournant à tes premières amours, le journalisme.

Il a voulu creuser davantage, mais j'avoue avoir été incapable de lui livrer de plus amples détails. Cela m'aurait pourtant amusé de faire diversion pour qu'enfin la presse s'intéresse à autre chose qu'à ta chanson à la con.

Bref, explique-moi. Tu es partie en repérage chez les chamans… et ?

Est-ce qu'il s'agit d'un documentaire ? As-tu trouvé un bon « client » ?

N'hésite pas à tout me dire. Ainsi la prochaine fois qu'on me sollicitera, je pourrai parler de ton vrai talent.

Je suis ravi que tu aies retrouvé ton chemin.

Ciao

De : Adrien Willers
À : Rose Dessables
Date : jeudi 23 mai 14:35
Objet : Dispersons nos cendres

Rose,

Quand tu auras un pied dans la tombe, il ne restera que moi. Cela me fait une belle jambe ! J'aurais préféré que, les deux pieds dans la vie, il n'y ait que moi. Tu en as décidé autrement. Avec le recul, je pense que ce n'est pas une si mauvaise chose.

À ton retour, nous aurons cette conversation sur notre couple qui n'existe plus et crois-moi, je n'essaierai pas de planquer nos cendres sous le tapis.

Si pour toi le divorce est un « coup de ciseaux imaginaire », pour moi, c'est un enterrement bien réel. Et nécessaire.

Bien à toi,

Adrien

De : Rose Dessables
À : Alexandre Willers
Date : jeudi 23 mai 08:50
Objet : Paco

Mon chéri,

Heureuse que tu t'intéresses à mon voyage, si déroutant soit-il, pour vous et pour moi. Dans cette jungle amazonienne, rien n'est familier, tout me prend de court. Les villageois appréhendent l'existence d'une manière si éloignée de notre perception occidentale que je m'essouffle à trouver les mots justes et à définir les contours d'un documentaire. Je consigne mes impressions dans un journal, je cherche l'approche pertinente, je réfléchis aux images qui pourraient avoir du sens, mais je navigue à vue car je ne suis pas sûre de saisir la portée de leurs croyances. Même en restant ouverte, il m'est difficile de prendre leurs rituels au sérieux.

Chez nous, chacun a sa place : les vivants, les morts, éventuellement les esprits. Impensable de tisser des liens entre ces mondes. Ici, les trois sont intimement connectés et communiquent. Le chef d'orchestre, celui qui jette des ponts entre le monde d'en bas et celui d'en haut, c'est Paco, le chaman du village. Bien qu'il soit taiseux et avare de commentaires, il serait un « excellent client » pour un reportage. (Je note que tu maîtrises bien le jargon journalistique !)

Paco est l'homme le plus insondable que je connaisse. Je serais bien incapable de lui donner un âge ou de lire dans ses pensées. Au début, ses silences me mettaient mal à l'aise. J'ai appris à les apprivoiser et à ne pas fuir son regard perçant. Il ponctue nos entrevues par un chant, jamais le même, dont il refuse de me traduire les paroles. Il assure que, je le cite : « Je comprendrai plus tard lorsque je serai prête. » Prête à quoi ? Je me le demande !

L'histoire personnelle de Paco pourrait inspirer n'importe quel scénariste. Il est issu d'une grande lignée de guérisseurs. Sa mère est morte en couche, son père est décédé lorsqu'il était enfant. Durant de longues années, il a choisi l'errance, fuyant chaque communauté qui l'accueillait à la recherche de ses racines. Il a fini par s'installer dans ce petit coin reculé, trouvant refuge chez un oncle qui a su l'apprivoiser et lui enseigner ce savoir ancestral qui ne se transmet que dans une tradition familiale et orale. Un jour, alors qu'il se baladait en forêt sans sa pipe – privé donc de « l'esprit du tabac » –, il a posé le pied sur un piège de chasseurs. Il saignait tellement qu'il a fallu le conduire aux urgences de la ville la plus proche. Il a frôlé l'amputation. Juste avant de rentrer au village, après deux longs mois d'hospitalisation, les médecins lui ont prédit qu'il ne remarcherait jamais sans canne, que sa jambe était à moitié morte, que ses os broyés ne se consolideraient pas. L'infirmière qui lui changeait ses pansements quotidiens lui a alors lancé un pari : « Un grand *curandero* comme toi doit être capable de se soigner tout seul. »

Chaque jour pendant plus d'un an, armé de ses béquilles, Paco est allé au bord de la rivière bouillonnante. Il faut plus de deux heures de randonnée pour la rejoindre depuis notre campement – est-ce que tu imagines ? – afin de confectionner des cataplasmes. Il récoltait l'écorce d'un ficus géant qui s'était abattu entre les deux berges de la rivière et dont l'enveloppe était ramollie par les vapeurs d'eau chaude, la mélangeait avec d'autres extraits de lianes concassées et appliquait cet onguent sur son tibia. Sans relâche, il a répété ce geste jusqu'à la guérison totale. Miraculeuse, pour ses médecins.

Il est retourné en ville en courant sur ses deux pieds et a demandé la main de l'infirmière qui l'avait mis au défi. Elle a dit oui, l'a épousé et est venue s'installer auprès de lui dans la forêt. Ce n'est pas Paco qui m'a relaté tout cela, mais les habitants du cru qui lui vouent un culte sans limites. (En théorie, je n'ai pas le droit de discuter avec eux, mais cet isolement imposé qui est la règle au début de chaque séjour me pèse tant que je la transgresse dès que j'en ai l'occasion.)

Qu'en penses-tu ? C'est une belle histoire digne d'un conte de fées, n'est-ce pas ? Si romanesque. Qui nous enseigne qu'il y a toujours quelqu'un qui t'attend quelque part.

Et toi, mon chéri, as-tu une amoureuse ? Tu protèges avec une telle ardeur ta vie privée. J'aurais aimé que tu me fasses suffisamment confiance pour me parler des battements de ton cœur. Les miens ont été inconstants. Est-ce pour cela que tu ne te livres pas ?

J'ai conscience que tu désapprouves ma liaison avec Jim. Que tu exècres plus encore mes explorations artistiques. Je suis allée là où je me sentais vivante. Avec le recul, je sais que ces récents soubresauts ne sont que des péripéties au regard de tout le reste. Tu le réaliseras, à ton tour, bien assez tôt.

Te souviens-tu de cette dernière soirée de vacances en Grèce, à Poros, il y a quelques années ? Nous avions voulu suspendre le temps en sirotant un verre dans la piscine de l'hôtel après le dîner. Tu avais quoi ? Seize ans ? Je t'avais autorisé à partager un cocktail alors que nous dissertions avec ton père sur le passage de l'adolescence à l'âge adulte. Sûr de toi, tu avais lâché : « Tu deviens un homme quand ta mère est fière de toi. » Je t'avais répondu que c'était tout le contraire, que tu deviendrais un homme le jour où tu t'affranchirais du regard et de l'avis de tes parents. Cela fait maintenant bien longtemps que ma parole ne compte plus pour toi et c'est très bien ainsi. Mais j'espère que tu sais que je suis fière de toi et que je t'aime. Ces battements-là du cœur ne s'arrêteront jamais.

Maman

Le 23 mai

Pour la première fois, je suis conviée à me joindre au groupe. Au coucher du soleil, nous sommes une dizaine à nous diriger vers la maloca, cette petite maison ovale d'une pièce unique où se déroulent les cérémonies. J'ai emporté mon carnet, pour ne rien perdre de la soirée, par réflexe journalistique aussi. Et parce que ce compagnon de papier m'offre l'illusion d'être moins seule. La solitude est plus assassine ce soir au milieu des autres. C'est un mal nécessaire, mais je la perçois comme une punition infligée à moi-même, une autoflagellation dont j'aurais pu faire l'économie. Je guette une présence familière. Tout ici me déroute et augmente mon inconfort. Je déteste cette sensation de perte de repères. De perte tout court.

J'essaie de détailler ce qui s'offre à ma vue pour ne pas céder à l'angoisse, pour que chaque élément tangible m'ancre dans la réalité du moment et m'éloigne de mes démons.

El Maestro Paco est vêtu d'une robe ocre sur laquelle est cousue une dentelle de coquilles d'escargot étincelantes, comme des sentinelles dans la nuit. Il porte une grande coiffe de plumes d'un rouge profond. Celles d'un perroquet sans doute. À ses côtés siègent trois autres sages venus, je suppose, de villages voisins.

Au fond de la salle, des crânes de singes forment un demi-cercle. Ils ont le regard tourné vers l'extérieur, vers la forêt. Drôles de vigies…

La décoration est soignée, des oiseaux en bois sculptés pendent au-dessus de nos têtes et tout un tas d'objets jonchent le sol : calices, vases, outils anciens, feuilles et fleurs séchées. Des lettres ont été déposées par les participants. Je ne sais pas quel est le sens de cette mise en scène.

Tout le clan est à présent rassemblé dans une semi-obscurité. Des femmes avec leurs couronnes d'hibiscus purifient la maison en secouant des rameaux dont les extrémités brûlent. La fumée brouille notre vision. Le Maestro et ses trois hôtes ont commencé à entonner des chants. Mon voisin me révèle qu'ils sont chamans eux aussi et qu'ils cherchent à harmoniser leur voix, pour accorder leurs énergies, unir leur puissance et invoquer les esprits. Les femmes continuent de s'activer. Elles balaient vers l'extérieur les entités mauvaises qui pourraient être tentées de s'inviter et nuire au bon déroulement de la fête.

Soudain, les chants occupent tout l'espace et envoûtent les ténèbres. Au début cacophoniques, ils s'élèvent en canon et nous hypnotisent. Tout le monde se lève et mon voisin me tend la main pour que je me mette debout moi aussi. Je dois poser mon stylo…

…Me voici de nouveau seule dans ma chambre ouverte à tous les vents. Cette soirée pourrait m'apparaître teintée d'un fétichisme absurde mais, étonnamment, elle m'a emplie d'une joie éphémère et j'ai envie de rendre grâce à la poésie de cette communauté dont la vision de l'univers bouscule mes convictions. Envie de

flotter encore un peu sur ce voile de coton qui m'anesthésie et m'offre un répit inespéré.

Pendant la cérémonie, nous avons été appelés à danser pour « séduire et réjouir nos âmes ». J'avoue ne pas avoir pris cela au sérieux, mais j'ai tenté d'onduler, de bouger avec sensualité. Incapable de me figurer mon âme, j'ai convoqué Jim pour avoir un partenaire à charmer. Et j'ai valsé avec lui au son des tambours, découvrant une chaleur me parcourir des pieds à la tête. Première sensation physique agréable depuis des semaines jusqu'à ce que ma voisine rompe la magie. Elle s'est mise à trembler, à faire des mouvements de plus en plus amples, vacillant, laissant échapper des cris d'animal traqué. Lorsqu'elle a repris ses esprits, elle a confessé ne pas comprendre ce qui lui était arrivé, elle était apaisée alors qu'elle se sentait menacée depuis des lustres sans savoir pourquoi. Plus tard, Paco m'expliquera que cette transe a permis à son âme égarée de rejoindre son corps.

Quel curieux personnage ce Paco, à mi-chemin entre le prêtre et le gourou avec ses sermons aux allures de vérités indiscutables. Je ne doute pas une minute de sa sincérité. Il croit à tout ce qu'il dit, ne nourrit aucun scepticisme. Comme s'il avait avalé la connaissance universelle. Cela me fascine. Il m'a reproché de ne pas me laisser aller, de refuser les sensations physiques, les émotions. Il a décrété que je ne savais pas lâcher prise et qu'il le fallait pourtant, sinon il ne pourrait pas m'aider.

Je n'ai pas osé lui dire que personne ne pouvait m'aider.

Et puis, il est sorti quelques instants avant de réapparaître avec une feuille d'arbre magnifiquement découpée, zébrée, presque transparente. Il l'a placée en face d'une bougie pour que nous puissions voir à travers et a conclu : « La frontière entre le monde réel et le monde des morts et des esprits est aussi fine que cette feuille. »

Cette idée est diablement séduisante. Ce soir, je vais faire semblant d'y croire.

De : Rose Dessables
À : Jim Simon
Date : vendredi 24 mai 08:57
Objet : treize ans…

Mon Jim,

Je voulais partager avec toi l'émotion que j'ai ressentie hier lors d'une cérémonie, la première à laquelle j'ai été autorisée à assister.

Quatre chamans ont chanté au rythme d'un tambour, le plus grand que j'aie jamais vu : un mètre au moins de diamètre. Au départ, la vibration de cette grosse caisse crée une tension. Chaque coup génère un écho jusque dans les os et les premières minutes sont désagréables. Et puis, lentement, les voix trouvent leur chemin côte à côte et finissent par improviser une mélodie d'une grâce infinie. On se laisse embarquer par cette musique très instinctive qui, je crois, ne se reproduit pas. Elle est composée dans l'instant et a pour vocation d'unifier les âmes et les corps.

J'aurais adoré que tu entendes ça. Ce qui m'a le plus étonnée, c'est que sans comprendre un traître mot de ces chants, je pourrais jurer que chacun est un poème avec ses vers et ses métaphores. Je suis sûre qu'il y a du Verlaine ou du Baudelaire dans ces mantras incantatoires. Tu aurais été si ému, toi qui aimes tant découvrir de nouvelles sonorités.

Nous avons dansé de longues heures. Je t'imaginais en face de moi, m'enlaçant avec toute cette fougue que je te connais. C'était troublant de pouvoir te sentir comme si tu étais vraiment là, tes bras autour de moi. Tu t'es approché si près que je pouvais voir ces petites taches vertes dans tes iris et des éclairs jaillir de tes pupilles. J'ai adoré ce temps suspendu même si fatalement, il m'a ramené à notre différence d'âge. Une différence qui nous condamne depuis le départ.

Les idylles entre les jeunes femmes et les hommes plus mûrs finissent toujours gangrenées par le désir d'enfant. Cette vérité s'aggrave encore quand l'écart est inversé.

J'ai treize ans de plus que toi, Jim. Treize ans, c'est la route vers l'adolescence. Treize ans, c'est une génération. Et si mon fils exagère lorsqu'il dit que je pourrais être ta mère, treize ans, c'est également le temps qui nous sépare et t'éloigne d'une femme qui pourrait te donner des enfants, avec laquelle tu pourrais construire une famille. Crois-moi, rien n'est plus précieux qu'une famille.

J'ai l'impression d'être une voleuse, d'aspirer ta jeunesse comme un vampire se régénère du sang de ses victimes. D'être celle qui t'empêche d'avoir un avenir. Le fardeau est trop lourd.

Je t'imagine levant les yeux au ciel en lisant ce mail. Tu as si souvent répété : « L'amour n'a pas d'âge, le désir non plus. »

Je reconnais que, au début, soufflait sur notre duo un vent de liberté mutine. Nous marchions main dans la main, faisant un doigt d'honneur aux conventions. Aujourd'hui, je suis rattrapée par les lois de la nature contre lesquelles je ne peux pas lutter, si injustes soient-elles. Hiver après hiver, les hommes se patinent, les femmes se fanent quoi que tu en dises. Et toi, tu accélères cette prise de conscience à laquelle j'échappe quand je suis avec des gens de mon âge. Je suis encore loin d'être une pomme fripée, mais avec toi je force le passage « de l'autre côté ». Ta peau dense et ferme, ton corps musculeux, la courbure de tes fesses, ton visage rond me font vieillir chaque jour. Trop vite. Trop tôt. Ta jeunesse est le miroir auquel je ne peux pas me fier et qui me renvoie à ce que je ne veux pas voir.

Je réalise la cruauté de mes mots et je me dégoûte de les coucher ainsi dans un mail. Te reprocher ta fraîcheur est une posture stupide, mais je n'arrive pas à m'y soustraire ou à contourner l'obstacle.

Je te demande pardon.

Tendres baisers,

Rose

De : Elisa Willers
À : Alexandre Willers
Date : samedi 25 mai 09:04
Objets : Nos secrets

Hello grand frère,

Du mal à quitter le lit ce matin.

Quelle heure est-il à NY dans la ville qui ne dort jamais ?

2 heures ?

Je me demande ce que tu vois du haut de ta tour de verre. Les étoiles ou le macadam ?

Est-ce qu'il t'arrive de prendre des jumelles pour observer tes voisins ?

Te souviens-tu de nos soirées à espionner Madame Demors avec le télescope de Papa, à travers les rideaux fermés de ta chambre ?

On riait à gorge déployée devant ses grosses mamelles qui se baladaient quand elle sortait de la douche.

Et quand on se mettait à poil pour inspecter le micro-duvet de nos pubis avec la loupe à fourmis que Maman avait dénichée dans ce magasin qui ne vend que des jeux intelligents !

On avait quoi ? sept et neuf ans ?

La consternation sur son visage lorsqu'elle nous a surpris.

Et Papa la félicitant, hilare, pour l'aspect éducatif de ce nouveau jouet qui, à défaut de fourmis dans l'appartement, avait quand même trouvé une utilité.

J'y pense parce que, hier après-midi, je suis allée imprimer un dossier dans le bureau de Papa.

Sur son secrétaire, il y avait cet énorme presse-papier-loupe qui pèse une tonne et que nous n'avions pas le droit de soulever.

Devine ce qu'il y avait dessous ?

La clé du tiroir secret. Celui qui est toujours fermé.

Combien de fois, toi et moi, on a essayé de l'ouvrir avec des épingles à cheveux ?

En vain.

On imaginait trouver un revolver, des liasses de billets, des cartes au trésor. Quoi d'autre ?

Alors oui, c'est mal, mais l'occasion était trop belle : je n'ai pas pu m'empêcher d'ouvrir le tiroir.

À ton avis, qu'est-ce qu'il y avait dedans ?

Une pochette avec tous les articles de presse concernant Maman : les critiques de son album, les portraits, les interviews dans les magazines.

Papa collectionne tout ce qui concerne Maman !

Je ne sais pas si cela me réjouit ou si cela me navre.

Et je réalise que, dans la famille, on protège tous nos secrets.

Il y a des trucs que tu ne m'as jamais dits, toi ?

Je t'embrasse,

Lili

De : Jim Simon
À : Rose Dessables
Date : samedi 25 mai 20:40
Objet : Que caches-tu, Rose ?

Rose,

Je suis perdu. Le début de ta lettre ressemble à une invitation à te rejoindre. La suite à une rupture.

Tu as raison, c'est injuste de me reprocher ma jeunesse, toute relative, d'autant que notre différence d'âge – dois-je te le rappeler – se voit à peine. Tu es une belle femme, tu le sais. Tu fais naître le désir sans avoir besoin de jouer le jeu de la séduction, tu le sais aussi, alors assume-le plutôt que de te dépeindre comme une « pomme fripée » ou une « fleur fanée ». À te lire, je crois entendre quelqu'un d'autre. Je ne vois pas où tu vas chercher ces idées noires qui nous salissent. Et franchement, je ne comprends pas. Tu n'as jamais eu peur de ton sex-appeal ou peur de t'abandonner.

Notre différence d'âge est un atout. Elle fait de toi une femme sûre d'elle. Une femme qui refuse les rapports de force stériles pour tester l'attachement de l'autre, qui ne veut pas d'une relation possessive, qui ne met pas l'amour à l'épreuve, dont le quotidien ne s'arrête pas quand je suis en tournée, qui respire et me laisse respirer. Une femme qui ne s'encombre pas de fausses pudeurs. Parce que tu as de l'expérience. Parce que tu ne m'as pas attendu pour remplir ton existence. Parce que tu vis ta vie plutôt que de la rêver. Tout cela, Rose, te rend plus séduisante encore.

Avec le temps, oui, les corps, les peaux changent. Et alors ? Ils sont les témoins d'un parcours, de nos joies et de nos blessures. Pourquoi en faire toute une histoire ? Je te rappelle que je suis chauve. Est-ce que tu m'aimerais davantage si j'avais des cheveux ? Je te pousse dans ces retranchements imbéciles au cas où ta mise au point cacherait quelque chose de moins avouable. Qu'est-ce que tu dissimules, Rose ? Est-ce que tu m'as quitté pour quelqu'un d'autre ?

J'ai toujours su que rien n'était acquis, que tu pouvais t'en aller du jour au lendemain, mais pas dans le mensonge. Qu'as-tu oublié de me dire ?

Ton départ improvisé me rend fou. Je pourrais me cogner la tête contre ma guitare pour avoir un début d'explication. Tu as rempli ma vie et à présent tu nous jettes dans un abîme si profond que je n'en vois pas le fond. Je t'en supplie : éclaire-moi.

Je t'aime et je suis prêt à dynamiter tous tes verrous,

Ton homme

De : Jim Simon
À : Elisa Willers,
Date : samedi 25 mai 23:51
Objet : Help !

Chère Elisa,

Comme ta mère, tu ne réponds ni à mes appels ni à mes SMS. Je me tourne vers toi en désespoir de cause, naviguant à vue dans un brouillard que rien ne dissipe.

Deux ans que Rose occupe tout l'espace. En un éclair, elle a déserté ma vie. Sans un mot. En prenant toutes ses affaires.

Et elle semble se désintéresser de tout ce que nous avons bâti. Elle n'a même pas la courtoisie de répondre aux journalistes qui la sollicitent pour « Shot de Gin ».

Une rage silencieuse commence à me gagner. Pour m'apaiser, je m'accroche aux rares objets qu'elle a bien voulu laisser : les photos de nous encadrées dans la bibliothèque, son parfum sur la coiffeuse… Autant d'empreintes qui témoignent que je n'ai pas rêvé. Notre histoire est bien réelle.

Y a-t-il quelque chose que je n'ai pas su voir ?

Une ligne rouge qu'il ne fallait pas franchir ?

Bises,

Jim

Le 25 mai

Tristesse
Manque
Incomplétude
Douleur
Je suis seule, désespérément seule.
Et je ressens l'absence jusque dans mes os.
Est-ce le point culminant de la perte ?
Je flirte avec la noirceur.

La chaleur m'oppresse plus encore que ces dernières nuits. J'étouffe de l'intérieur comme une carpe hors de l'eau. Mon corps ruisselle. Mes cheveux sont trempés. J'évite le miroir. Qu'est-ce qu'il pourrait bien me dire, ce connard de miroir ? « Ce soir, tu seras la plus laide en allant te coucher. »

Je n'avais pas imaginé à quel point ce serait pesant de devoir me supporter à temps plein. Sans reflet. Sans personne à qui me confier.

Je n'ai jamais été seule.

J'ai quitté ma vie parisienne il y a quelques jours à peine.

Elle est à des années-lumière. Je regarde dans le rétroviseur et je me vois m'agiter avec tant de gens autour. J'en éprouve une certaine vacuité. La chanson de Françoise Fabian me revient avec toute sa puissance d'évocation :

Après quoi courions-nous ?
Quand le souffle se perd
On repense à hier
Aux battements de nos pouls
À cette question amère
Après quoi courions-nous ?

Qu'est-ce donc qui pressait tant ?
Pour gagner rien du tout
Nous courions pour du vent

Le temps est assassin. Ce n'est plus mon ami. C'est mon adversaire. Et c'est lui qui gagnera à la fin.

Je m'enfonce.

Plus rien n'est léger.

J'ai envie de hurler à m'en décoller la plèvre.

Je m'apprête à vivre l'expérience la plus difficile de mon existence. Mais je veux en faire quelque chose de positif. Qu'elle m'apporte le repos de l'esprit.

Pour l'instant, la paix est inaccessible. Je suis trop en colère. Trop de questions sans réponse m'anéantissent.

Où est ma bonne étoile ? Elle a déserté mon ciel.

Et j'ai mal. La douleur dans mon abdomen irradie vers le dos et sous mes omoplates.

Je pourrais m'ouvrir les veines.

Non, je ne peux pas. À cause des enfants.

Et puis, je suis trop lâche.

Et puis, il y a cet oiseau qui me suit partout. Qui semble m'épier. Je ne rêve pas. Il est encore là ce soir sur la balustrade de mon balcon. Je le perçois à travers l'entrebâillement de la porte. Il me regarde me débattre.

Je maltraite ma bougie pour m'occuper les mains et pour voir si mon petit compagnon ailé bouge. Je l'allume, je l'éteins, je m'allume, je m'éteins... Jeu imbécile qui impose un clair-obscur semblable à mes jours et mes nuits, quand oscillent à une vitesse vertigineuse la lumière et les ténèbres.

L'oiseau ne bouge pas.

Je n'en ai jamais observé de si beau.

C'est un colibri, plus gros que la moyenne, d'un bleu turquoise extravagant avec des reflets bronze. Il porte un dégradé de rouge et de jaune sur le front qui brille dans le halo de la flamme. Il a un très long bec un peu courbé. Je ne délire pas. Il s'agit toujours du même oiseau parce qu'il a une particularité : les yeux vairons. L'un est orange presque fluorescent, l'autre, noir ébène. C'est un oiseau surdoué. Il est capable de voler sur place et de reculer dans son vol. Parfois, il fait ça lorsque mes pieds sont de plomb, que j'ai du mal à avancer.

Paco – qui a une explication pour tout – dit que les oiseaux sont près de nous pour nous aider à découvrir nos ailes et que ce petit colibri veille sur moi, essaie de chasser l'esprit malveillant qui est en moi.

Il me fatigue avec sa théorie complotiste de l'esprit malveillant. S'il ne s'agissait que de cela : faire déguerpir un fantôme égaré qui s'est senti autorisé à venir s'installer en moi sans y être invité.

Tout cela est délirant.

Mais j'aime bien ce petit colibri qui adoucit ma solitude et me rappelle que dehors, la symphonie de la nature est magnifique.

« S'il te plaît, mon oiseau, tu pourrais veiller sur mon sommeil ? Que ces quelques heures de repos soient réparatrices. Tu me plais. Je vais te donner un nom. Oscar, ça te va ? Bonne nuit, Oscar. »

De : Alexandre Willers
À : Elisa Willers
Date : samedi 25 mai 21:49
Objet : Me pardonneras-tu ?

Salut petite sœur,

Je suis déçu que tu n'aies trouvé ni revolver ni liasses de billets. Rassure-moi, il n'y avait pas non plus de pistolet extra-plat, de nœud papillon explosif, de scanner d'empreintes digitales, ou de lunettes à rayons X dans le tiroir du secrétaire ? Parce que tu as toujours eu l'imagination plus fertile que moi. À douze ans déjà, tu étais passionnée par les nouvelles technologies, capable de nous expliquer le fonctionnement de tous les gadgets de James Bond. Et tu fantasmais Papa dans le smoking de 007.

Quelle désillusion ça a dû être de découvrir qu'il n'était pas un agent dormant du renseignement, mais simplement un homme encore amoureux de la femme qui l'a quitté.

Pour ma part, je suis navré qu'il ne parvienne pas à tourner la page, à brûler tout ce qui concerne Maman et sa nouvelle vie. Mais après tout, c'est son histoire.

Je crains d'avoir à ajouter une couche supplémentaire à ta déception du moment.

Te souviens-tu de l'été où nous passions nos journées à faire des concours de fléchettes ? Maman était hystérique devant ce cadeau empoisonné que nous avait fait Papi. Elle redoutait l'accident. Et l'accident a eu lieu. L'une de mes flèches s'est plantée dans ton épaule. Tu étais à deux mètres de la cible.

Papa m'a collé une raclée et toi tu hurlais. Pas de douleur. Pour que Papa sorte de sa fureur. Tu t'époumonais à répéter que ce n'était pas ma faute.

Pourtant, ce n'était pas un accident, Lili. C'est toi que j'ai visée ce jour-là. Je voulais te faire mal parce que j'étais jaloux de ta curiosité du monde, de toutes ces connaissances que tu absorbais et qui te rendaient, aux yeux de tous, bien plus intéressante que moi.

À l'hôpital, pendant que le médecin recousait ton épaule, je regardais tes dents serrées et une petite voix au fond de moi ne cessait de répéter : « Bien fait, bien fait pour elle. » Si tu savais comme j'ai haï cette voix lorsque je me suis approché de toi, que tu m'as pris dans tes bras et que tes larmes ont coulé. Je me suis rarement senti aussi minable. J'aurais préféré que tu te doutes, que tu m'insultes. Mais tu avais déjà la candeur et l'idéalisme des belles âmes. Tu as juste dit : « Je t'aime Alex, ce n'est pas grave. »

Donc pour répondre à ta question, en haut de ma tour de verre, ce soir en t'écrivant ce mail, je suis plus proche du macadam que des étoiles, mais je suis heureux d'avoir l'occasion de te révéler mon côté mesquin. Nous avons tous nos secrets, nos petits arrangements avec la vérité. Grandir nous offre la possibilité de nous délester.

Ton frère (un peu sociopathe mais pas tout à fait)

De : Elisa Willers
À : Jim Simon
Date : dimanche 26 mai 13:08
Objet : Ne t'inquiète pas

Jim,

Tu connais donc si mal Maman ?

Elle est insaisissable.

À trop vouloir la retenir, elle se dérobe.

Je mesure ton tourment, mais je vais bien être incapable de l'apaiser.

Son parcours pourtant devrait t'éclairer.

Elle a passé sa jeunesse enfermée dans des gymnases à enchaîner les sauts périlleux sur une poutre de dix centimètres de large.

Ensuite, elle est devenue journaliste.

Elle a multiplié les reportages en terrain dangereux qu'il fallait livrer avant même qu'ils soient terminés.

Toute sa vie, elle a joué avec le temps et avec le feu.

Elle est shootée.

À l'adrénaline. Drogue dure, puissante.

Toujours en quête de sensations fortes.

Alors va savoir ce qu'elle est partie chercher chez les chamans du Pérou.

D'autres pulsations dans ses veines ?

Une nouvelle histoire à raconter ?

Cela ne veut pas dire qu'elle ne pense pas à nous. À toi.

Ne t'inquiète pas, elle revient toujours.

À bientôt,

Elisa

De : Alexandre Willers
À : Rose Dessables
Date : dimanche 26 mai 08:17
Objet : Tarif négocié

Maman,

Décidément, tu t'es trompée de métier. Tu aurais dû être comédienne. Tu as un tel sens de la dramaturgie ! Pas besoin de me rappeler que tu m'as allaité tout un été ou que tu m'as encouragé, un soir en Grèce, à m'affranchir de ton regard pour que je sache que tu tiens à moi. Et si je ne te livre pas les battements de mon cœur, ce n'est pas par manque de confiance, mais parce qu'il n'y en a pas. J'ai le cœur sec. Pas de flamme, pas de morsure, pas de brûlure. À peine quelques frissons. L'amour glisse sur moi comme de l'eau claire. Ça t'intéresse les réveils difficiles, les départs en pleine nuit ? Toi qui as besoin de magnifier chaque chose, de remettre tout en jeu en permanence, d'avancer sur des charbons ardents, d'envoyer valser les acquis pour te sentir vivante.

Elisa a une théorie. Elle se figure que je te cherche dans chacune de mes conquêtes. Tu crois que je devrais débuter une psychanalyse ? Parce que si elle a raison, je ne risque pas de me caser. Elle n'est pas née, la fille aussi flamboyante et kamikaze que toi. La fille prête à traverser l'Atlantique, à bouffer des racines dans la jungle juste pour interviewer un boiteux qui a perdu sa pipe.

C'est peut-être ton modèle qui m'a rendu sec. Cette intensité que tu mets en toute chose place la barre trop haut.

Maman, sais-tu que le bonheur peut être simple ? Ça, tu as oublié de nous l'enseigner.

Ciao, ciao

P. S. : Si tu penses que je dois consulter, on peut peut-être demander un prix de groupe au psychiatre en prenant rendez-vous tous les deux. Je crois que, toi aussi, tu as deux ou trois choses à régler.

Le 26 mai

Oscar, tu n'es pas sympa. Je t'avais demandé de veiller sur mon sommeil. À quoi tu sers ? J'ai fait un cauchemar atroce.

Cette nuit, j'étais l'actrice principale d'un court métrage d'Alfred Hitchcock dont le scénario est implacable. Je suis dans une cellule en prison, je tourne en rond, j'essaie de pousser les murs. Pas d'issue, pas d'espoir. Je fomente une évasion avec le croque-mort de l'établissement pénitentiaire à qui je promets une belle récompense à ma sortie. Un soir, alors qu'il vient lever le corps d'un détenu décédé, il m'évacue de ma cellule et m'enferme avec le défunt dans la chambre froide. Il est entendu que, dès le lendemain, il m'enterrera avec le mort et que, à la nuit tombée, il me déterrera.

Les images défilent.

Je suis dans un cercueil avec un mort. Allongée sur lui. On nous transporte hors de la prison. Dans le noir complet, je visualise la scène : trajet dans le corbillard, arrivée au cimetière, dépôt dans un caveau, terre jetée sur le cercueil. Derniers coups de pelles. Pas d'épitaphe, pas d'oraison funèbre.

Et un silence assourdissant.

Je suis dans une tombe, vivante, avec un mort. À trois mètres sous terre.

J'attends.

Les heures s'égrènent comme des siècles.

J'espère la délivrance. Je prie.

L'air commence à manquer, ma poitrine se soulève, mes lèvres sèches collent aux parois de bois du cercueil. L'air se fait encore plus rare.

Mon cœur s'accélère. D'une main tremblante, j'inspecte le fond de ma poche pour en extraire le briquet dérobé à la prison. Je l'allume. Privée d'oxygène, la flamme vacille, mais m'offre une toute dernière image : celle du mort qui pourrit déjà sous ma chair. Il s'agit du croque-mort.

Mes nuits pourraient être libératrices. Elles sont terrifiantes. Il faut que j'en parle à Paco. Ses breuvages écœurants me tordent les tripes et interdisent la puissance salvatrice du rêve.

De : Jim Simon
À : Rose Dessables
Date : dimanche 26 mai 23:25
Objet : Qui est cet homme qui se faufile ?

Je suis dans un tel état de tristesse et de sidération que j'ai oublié de te parler de « Shot de Gin ». La chanson est toujours en tête sur toutes les plateformes. Je ne te cache pas que cela me stupéfie. Je n'avais pas le moindre doute sur la qualité du morceau, mais un titre unique d'une artiste inconnue qui atteint ces sommets, c'est un ovni dans l'histoire récente de la musique.

Tu avais des inquiétudes sur ta voix et sur l'accueil qu'on te réserverait. Tu peux dormir sur tes deux oreilles, c'est un triomphe.

Les radios s'arrachent le titre. Je n'arrive même plus à compter le nombre de diffusions. Ton silence crée un mystère qui rend la chanson plus attractive encore. Trois festivals souhaitent ta présence cet été. À l'allure où vont les choses, je ne serais pas surpris que tu sois nommée aux Victoires de la musique.

Rose, je n'ai pas tout inventé, c'est bien ce que tu voulais : chanter, laisser libre cours à tes aspirations artistiques, écrire. Dis-moi que ce succès dépasse toutes tes espérances.

Ton départ est une telle déflagration que je finis par douter de tout. Je crois que je perds un peu la tête. Surtout la nuit, je suis désorienté, les murs se rapprochent, ton absence me consume. Et je me regarde me débattre, impuissant. L'évidence entre nous a volé en éclats. Je rumine depuis l'appel d'un grand magazine féminin qui souhaite que tu écrives une nouvelle de cinq feuillets pour : « donner plus de relief aux paroles énigmatiques de "Shot de Gin". »

Cela a été pour moi l'occasion de relire ton texte et c'était comme le découvrir pour la première fois malgré les heures passées en studio à enregistrer avec toi. Comme si les mots, soudain, avaient un autre sens.

Le manque de sommeil me rend peut-être paranoïaque, mais quand tu chantes :

Ma vie me défie
Le meilleur et surtout le pire
Un homme se faufile
Dans un dernier Shot de Gin
J'aime le frisson qu'il me file.

Je ne peux m'empêcher de me demander si je fais partie du meilleur ou du pire. S'il y a derrière ces quelques vers une volonté préméditée de t'en aller. Un avertissement que je n'ai pas su voir. Et j'en viens à me poser la même question que ton fils : qui est cet homme qui se faufile ?

Aide-moi.

Tendres caresses,

Ton homme

Le 27 mai

Mon cher Journal,

Paco est ravi. Il analyse mes cauchemars et se réjouit de mes réveils angoissés. Selon lui, j'expulse, je me déleste de ce tout ce qui m'entrave et me met à terre. Il assure que les cercles en rond dans la cellule d'une prison sont à l'image de mes ruminations, des schémas de pensées toxiques dont je dois me débarrasser pour avancer.

« Avancer », le mot me fait rire.

Et puis cette agonie à l'épilogue cruel dans ce cercueil hitchcockien est aussi très positive selon lui. C'est accepter de mourir pour renaître différemment.

Seule déception pour El Maestro : je n'ai pas vomi en me levant ce matin. Cela le contrarie. Il dit que le « nettoyage physique » est indispensable. Il veut ajouter une nouvelle racine au menu de mon petit déjeuner. Je n'en peux plus.

Je suis fatiguée de ces expériences qui me lavent le cerveau et l'estomac.

Fatiguée de ne pas dormir, de ne pas manger. De cet inconfort. De cette moiteur poisseuse.

Marre de baigner dans des vêtements humides, de cette odeur de chien mouillé qui ne me quitte pas et accentue mes haut-le-cœur.

Je rêve de ma peau poudrée, de savon musqué, de draps séchés au soleil, d'herbe fraîchement coupée, d'effluves de rose, de jasmin. D'un ciel délavé d'une pureté immaculée. Et d'une petite robe à fleurs pour aller danser, insouciante.

Il va falloir que je parle à Paco. Que je lui dise pourquoi je suis ici.

De : Adrien Willers
À : Elisa Willers
Date : lundi 27 mai 14:18
Objet : Un peu de sérieux...

Elisa,

Cela fait maintenant six semaines que tu as débuté ta mission dans l'entreprise et la DRH m'informe que tu n'as toujours pas signé ton contrat. Il serait temps de commencer à respecter les cadres légaux.

Tu signes et tu me retournes le document en Pièce jointe.

À ce soir,

Papa

Pièce jointe : Lettre de mission – consultante en cybersécurité

Chère Elisa Willers,

Nous sommes ravis de vous accueillir au sein de notre équipe de cybersécurité en tant que consultante à temps partiel.

Vos missions seront les suivantes :

— Protéger nos données sensibles dans le domaine des énergies renouvelables.
— Détecter et prévenir toute cyberattaque visant nos technologies.
— Identifier les menaces potentielles liées à notre dernière innovation : l'enzyme EnzyPlast capable de dégrader les plastiques.
— Mettre en place des mesures de sécurité robustes afin d'assurer l'inviolabilité de nos infrastructures.

J'attire votre attention sur le fait qu'en tant que nouvelle recrue, vous serez intégrée dans le processus interne de supervision et de surveillance. Il a pour objet de garantir la qualité de notre travail à tous et de maintenir un haut niveau de sécurité informatique.

Merci de bien vouloir nous retourner signée cette lettre de mission qui vous engage à respecter les principes éthiques de l'entreprise, la confidentialité de vos actions et à agir de manière responsable dans un climat de confiance mutuelle avec vos collègues.

Bienvenue parmi nous,

M. Boileau – Directeur des Ressources Humaines
Société GreenTech

De : Rose Dessables
À : Jim Simon
Date : lundi 27 mai 08:19
Objet : Cesse de te torturer

Jim,

Il n'y a pas d'homme qui se faufile.

Je suis ici en tête à tête. Avec moi-même.

Et tu n'as pas rêvé : j'ai voulu de tout mon cœur le succès de « Shot de Gin ». Mais il y a une différence entre « vouloir » et « pouvoir ».

Cette exposition soudaine me dépasse. Je ne peux pas y faire face.

Ne me torture pas en exigeant une explication : il n'y a en a pas.

Ne te torture pas en imaginant un sens caché aux paroles de notre chanson : il n'y en a pas.

Fais-moi au moins confiance sur un point : le temps éclaire tout.

Tendresse,

Rose

De : Elisa Willers
À : Adrien Willers
Date : lundi 27 mai 18:35
Objet : Grec ou thaïlandais au dîner ?

Papa,

J'ai renvoyé la lettre de mission à la DRH.

Tous vos nouveaux salariés signent pour intégrer « le processus interne de supervision et de surveillance » ?

Ou ce « flicage » est une mesure mise en place spécialement pour moi ?

Ça m'agace un peu et ça me fait rire.

Ton système de sécurité est une telle passoire que je suis impatiente d'observer comment les équipes qui l'ont conçu vont évaluer mon travail.

Tu ne le sais pas encore, mais je suis ta meilleure recrue !

Bref…

Ce soir, on dîne dehors ou à la maison ?

À tout à l'heure,

Elisa

Le 30 mai

Ça y est ! J'ai trouvé mon arbre. Grâce à Oscar. Il m'a poussée à m'enfoncer plus loin dans la jungle. Jusqu'à présent, je tournais en rond. Sans jamais essayer de répéter la moindre boucle, chaque sortie me ramenait inéluctablement sur mes pas, dans un cercle ou un carré parfait. Toujours le même. Et ce chemin balisé à l'identique, maintes fois reproduit, me renvoyait par une analogie assommante à l'analyse de Paco lorsqu'il pointe du doigt cette prison intérieure de laquelle je ne parviens pas à m'échapper.

Je dois bien reconnaître que je suis accablée par des pensées obsédantes. Par cette colère aussi en moi qui couve et que j'aimerais faire taire quand elle hurle : « Pourquoi cela me tombe dessus ? Pourquoi maintenant ? »

Aujourd'hui, j'ai enfin réussi à m'évader. J'accueille cette parenthèse comme de l'eau dans le désert. Et je remercie Oscar. D'habitude il me suit dans un va-et-vient incessant. Cet après-midi, il m'a devancée et lorsque je faisais mine de bifurquer ou de rebrousser chemin, il sifflait en suspendant son vol, plongeant ses yeux dans les miens, l'air de dire : « Dépêche-toi, arrête de regarder tes pieds. »

Je lui ai obéi. Sans hésitation. En levant le nez, en redressant la tête. Sans crainte. Sans même trouver étrange qu'un oiseau m'observe, me guide et me parle. Est-ce que je deviens cinglée ? Assommée par cet isolement qui me pèse tant. Ou intoxiquée par la diète de Paco que je respecte scrupuleusement sans savoir pourquoi. Toujours est-il que la balade a été salutaire, car au bout de la route ouverte par Oscar, j'ai aperçu cet arbre. Mon arbre. Spectaculaire. Si différent des autres avec ses feuilles plus claires, transparentes pour certaines. C'est un géant. Impossible d'en distinguer le sommet. Ses branches s'enchevêtrent et s'unissent aux lianes avoisinantes. Son tronc est lisse comme du marbre poli et ses racines s'enfoncent loin dans la terre alors que celles des spécimens autour s'épanouissent à l'horizontale et à la surface. J'ai tout de suite su que c'était lui. Parce que Oscar s'y est installé, lui qui ne se repose jamais, et parce que j'ai assisté à la naissance d'un papillon d'une beauté étourdissante. J'ai d'abord repéré la chrysalide suspendue à une feuille par un fil de soie. Elle bougeait, ce qui a attiré mon attention, avant de laisser éclore un papillon d'un bleu irisé. Je n'en avais jamais vu de pareil. Le nouveau-né s'est mis à battre des ailes à une vitesse folle produisant des flashs lumineux de toutes les couleurs de l'arc-en-ciel. L'effet stroboscopique était hypnotisant, presque aveuglant. Comme si un clignotant fluorescent avait été actionné, absorbant toute la clarté dans cet océan de vert. Ou qu'une lampe torche m'éblouissait par intermittence. À contre-jour, se dessinaient à travers ses ailes de petits motifs arrondis semblables à des yeux qui vous interpellent.

Pour laisser mon empreinte et être sûre de toujours reconnaître mon arbre, j'ai accroché à ses branches les quatre rubans que j'emporte chaque jour avec moi lors de mes sorties. Un vent tiède s'est levé et les a fait virevolter. J'ai pensé à Elisa et Alexandre. À Adrien aussi avec ses pupilles mordorées qui dansent lorsqu'il est troublé. À nos quatre destins à jamais liés par le sang. J'ai retenu mes larmes sachant qu'elles n'atténueraient ni la peur ni la détresse qui menaçaient de me submerger. Je me suis concentrée sur cette beauté primitive. Toute la jungle vibrait, livrant sa symphonie singulière qui mêle les cris indignés des ouistitis aux cancans des perroquets, aux rugissements lointains. Et cette voix jusqu'à présent effrayante m'a offert un réconfort inattendu.

De : Elisa Willers
À : Rose Dessables
Date : jeudi 30 mai 19:50
Objet : Ta caméra ?

Maman,

Réponds. C'est pénible de ne pas parvenir à te joindre.

Je tombe toujours sur ta messagerie.

Même le matin, quand tu as ton portable.

Ça sonne dans le vide.

Je suis à l'appart. Je voulais arroser les plantes et t'emprunter le petit bombers que tu ne mets jamais et que tu m'autorises à porter.

Je me suis permis d'ouvrir ton placard.

Le blouson était là avec les quelques vêtements que tu me prêtes de temps en temps.

Mais tes autres affaires ont disparu.

Tu as emménagé ailleurs ?

Et pourquoi as-tu installé deux coffres à mon nom et celui d'Alexandre ?

Je commence à m'inquiéter sérieusement, Maman.

Tu nous mens, n'est-ce pas ?

Tu n'es pas partie en reportage au Pérou ?

Ta caméra est au fond du placard. Tu m'expliques ?

J'ai mal au ventre.

Ce n'est pas la perspective de mon examen de philosophie qui m'oppresse, mais ton silence.

Si tu me caches la vérité, je vais chercher.

Et je vais trouver.

Tu m'as toujours assuré que je pouvais tout te dire.

Toi aussi, Maman, tu peux tout me dire.

Quoi qu'il se passe, je ne te jugerai pas.

Je te le promets.

Je t'aime,

Elisa

De : Jim Simon
À : Rose Dessables
Date : jeudi 30 mai 23:59
Objet : À la dérive

Ma Rose éphémère,

Le succès te dépasse
Est-ce de guerre lasse ?
Parce que tout passe, tout lasse
Un jour, on s'embrasse
Le lendemain, on s'efface
On pense d'abord à soi
L'autre, on l'écrase… À mince, ça ne rime pas. Tu vois, je n'ai pas ton talent pour écrire des chansons. Mais je peux me noyer dans des shots de gin. À la réflexion, le gin c'est rude, amer et irritant. Comme toi.

C'est assez dégueulasse aussi, comme toi qui me laisses dans l'ignorance et refuses de donner la moindre explication. Mais je ne dois pas m'inquiéter parce que « le temps éclaire tout ». Sérieusement ? Tu pensais t'en sortir avec cette phrase bien troussée et vide dont toi seule as le secret.

À aucun moment, tu ne t'es dit que, peut-être, je méritais mieux ? Je suis quoi pour toi ? Pardon, je reformule parce que désormais tout se conjugue au passé : j'étais quoi pour toi ? Un caprice qui t'a aidée à assouvir l'un de tes fantasmes ?

Ce soir, comme dans ta chanson, « je cherche l'embellie ». Rien à l'horizon.

« Il faudrait ne pas se souvenir ». Malheureusement, je suis trop jeune pour l'amnésie. Trop jeune aussi pour rester dans ta vie.

« Je pleure, j'implore ». Rassure-toi, je ne serai pas cet homme pathétique.

J'aurais juste aimé que tu sois moins lâche. Je méritais de comprendre.

Rose d'un jour
Se fane toujours
J'aurais dû me méfier.

N'hésite pas à rentrer, je n'ai pas encore tout à fait vidé la bouteille,

Ton bateau ivre

De : Rose Dessables
À : Elisa Willers
Date : vendredi 31 mai 08:15
Objet : Le bonheur simple

Ma chérie,

À l'heure qu'il est, tu dois être en plein examen. Je suis sûre que tu es inspirée. Hâte de savoir sur quel sujet de philo tu as été interrogée.

Je suis désolée d'être si peu joignable, mais j'essaie de respecter les habitudes locales. Que vas-tu imaginer ? Je suis, comme je te l'ai dit, au Pérou au milieu de la forêt amazonienne, en reportage. Et si je n'ai pas pris ma caméra, c'est pour ne pas brusquer mes hôtes et aussi parce que j'ai envie de filmer avec du matériel plus léger. Quand j'aurai achevé mon repérage, je louerai à Lima un boîtier 5 D. J'ai étudié le manuel du fabricant dans l'avion.

Au campement, nous sommes invités à nous délester du superflu pour nous recentrer sur l'essentiel. Le « grand nettoyage » a débuté à Paris dans mes placards. J'ai trié, donné à de bonnes œuvres. J'ai laissé les fringues que tu as l'habitude de me piquer et n'ai emporté que le strict nécessaire. Tu devrais essayer toi aussi le rangement par le vide. Ta chambre te dirait merci ! Un jour, l'appartement finira par brûler avec tous ces ordinateurs et ces câbles emmêlés qui dégagent une chaleur incroyable. Il fait plus chaud dans ta chambre que dans la jungle !

J'aimerais tellement que tu sois à mes côtés pour partager mon bonheur. Les habitants du village ont une façon si instinctive d'aborder la vie qu'aucun de tes algorithmes ne saurait en saisir l'essence. Le monde de l'au-delà est une réalité qu'ils n'ont besoin ni d'explorer ni de justifier. Il fait partie de leur quotidien. L'intelligence artificielle qui te passionne tant serait bien impuissante à pénétrer ce monde. Ici, tout n'est qu'intelligence naturelle, émotionnelle, spirituelle.

Je suis emplie chaque jour de perceptions nouvelles. Je me balade des heures dans la forêt, le nez au vent, émerveillée par tant de beauté.

La diète qui m'est imposée allège mon corps et mon esprit. Je flotte sur mon nuage, ivre d'une joie inhabituelle. Et je dors comme un bébé. Mes nuits sont illuminées de rêves apaisants. Je me réveille chaque matin plus sereine que la veille. Il y a tant d'histoires à raconter…

Tu me manques,

Maman

De : Rose Dessables,
À : Jim Simon
Date : vendredi 31 mai 08:56
Objet : Une ode à la vie

Jim,

Tu dois avoir un mal de crâne carabiné au réveil. Le gin, c'est imbuvable ! Mais dans un texte de chanson, c'est bien plus allitératif que le « champagne ». Plus sensuel dans la prononciation. Plus riche aussi pour construire des rimes.

Quelle mauvaise idée de te mettre dans de tels états !

Pour ma part, pas une goutte d'alcool depuis mon arrivée. Régime végétarien, décoction de racines. Et tu vas rire : je plane ! Les plantes que m'administre le chef du village sont hallucinogènes, j'en suis certaine. Je me surprends à parler avec les oiseaux et les arbres. Je suis en communion avec eux.

Paco me reproche de ne pas faire assez confiance à mon intuition, pourtant je ne me suis jamais sentie aussi lucide. Comme si subitement, je recouvrais la vue après de longues années, aveugle. Je cherche dans la nature des traces visibles d'une présence invisible. J'observe le comportement des animaux, tente de comprendre leur langage. L'univers ici m'apparaît plus vaste. Et dire que j'ai attendu si longtemps pour être sensible à toute cette grâce.

Le son des tambours aussi m'interpelle. Au début, les battements répétés, les percussions de plus en plus violentes m'agressaient. À présent, les vibrations de ces grosses caisses me pénètrent et m'ouvrent les portes d'un espace dans lequel je voyage. Pour les chamans, le tambour est un cheval, une monture, un vaisseau, un moyen de transport vers le monde des esprits. Tu ne trouves pas cela poétique ?

Moi, bien sûr, je reste sur terre. Je ne me prosterne pas devant Paco, je ne déambule pas non plus dans cette autre dimension que je ne suis pas certaine de concevoir. Je ne voue aucun culte, mais j'accueille les croyances de mes hôtes avec respect et je me promène, à ma manière, dans mes souvenirs. Je médite, je respire. Je suis une brise légère. Je suis une libellule qui se pose enfin, libérant ses pensées éparpillées.

Je t'embrasse,

Rose

De : Elisa Willers
À : Alexandre Willers
Date : vendredi 31 mai 19:00
Objet : Inquiète

Alex,

Il y a un truc qui cloche.

Maman a vidé ses placards.

Et elle a installé deux coffres à nos noms dans son dressing.

Elle parle d'un grand ménage.

Ça ne lui ressemble pas.

Elle nous cache quelque chose.

Je me refais le film des événements récents.

Son départ alors que tous les signaux sont au vert dans son existence est inconcevable.

J'ai échangé avec Jim. Il est au fond du trou. Il ne comprend pas pourquoi elle ne répond jamais aux demandes d'interviews qu'il lui transmet.

Pourquoi fuir le succès quand il est là ?

Après toute l'énergie qu'elle a déployée pour révolutionner sa vie.

J'ai envie de creuser un peu. De fouiller.

Mais a-t-on le droit d'espionner ses parents ?

J'ai toujours pensé que c'était une frontière à ne pas franchir.

Que leur jardin secret était un espace sacré. À préserver.

Je me sens déjà coupable d'avoir ouvert le tiroir de Papa. Enfant, malgré notre tentation immense, j'étais très rassurée chaque fois que nous échouions à le forcer.

Un conseil, grand frère ?

Je t'embrasse fort,

Lili

P. S. : La fléchette… J'ai toujours su…

De : Jim Simon
À : Adrien Willers
Date : vendredi 31 mai 22:08
Objet : Danger

Cher Adrien,

Je me permets de vous écrire car je m'inquiète pour Rose. J'ai peur qu'elle soit sous l'emprise d'une secte. Je ne la reconnais plus. Elle me parle de diète à base de racines hallucinogènes, de communion avec les animaux et les plantes. Elle participe à des cérémonies durant lesquelles les adeptes se prosternent devant un certain Paco. Cet homme a tout du gourou qui fait passer des vessies pour des lanternes. Il livre des prophéties, pose des jugements hâtifs, exhorte Rose à lâcher prise. Je suis sûr qu'il s'agit d'un manipulateur, pire, d'un prédateur.

À son contact, Rose semble avoir perdu le sens commun et tout esprit critique. Dans son dernier mail, elle envisage la possibilité de dialoguer avec des fantômes dans un monde parallèle auquel on accède en tambourinant.

Avec tous les concerts que j'ai à mon actif, si le son de la grosse caisse nous permettait de nous envoyer en l'air pour parler avec les morts, j'aurais déjà remonté mon arbre généalogique sur plus de deux cents ans.

Bref, Rose délire. Et vous en conviendrez, vous la connaissez sans doute mieux que moi, vous savez que cela ne lui ressemble pas. Elle qui s'empresse de tout remettre en question, d'opposer son scepticisme à n'importe quel ordre établi. Le doute est son moteur.

Je suis impuissant à lui demander de rentrer. Elle ne m'écoute pas.

Peut-être sera-t-elle plus réceptive à vos appels. Elle a toujours été soucieuse de votre avis et de vos jugements même lorsqu'ils sont assassins. Même dans l'éloignement.

Cela m'ennuie de le concéder, mais vous êtes, je crois, l'unique personne capable de la ramener à la raison. De la ramener à la maison.

Aidez-la.

Bien à vous,

Jim

Le 1er juin

Cette nuit, ce n'est pas un cauchemar qui s'est glissé dans mon lit. C'est Adrien.

Comme une réminiscence.

Ici à l'autre bout du monde, quel courant d'air l'amène ?

J'ai voulu le chasser de mes pensées. Je me suis ravisée. J'ai caressé mon corps, pas encore tout à fait mort.

Dans ce demi-sommeil me parvenaient des images saccadées sans chronologie : une main, des cheveux en bataille, un regard, un éclat de rire... Et des « je t'aime » qu'on sème.

J'ai ouvert les yeux. La lumière à travers les persiennes était belle. J'ai prononcé son nom. Adrien. Adrien...

Inconstante, je suis.

Imbécile, je suis.

Ignorante aussi ! Ai-je encore du désir pour lui ? De lui ?

Il y a tant de nuances dans l'absence.

Pourquoi Adrien maintenant ? J'ai claqué la porte, déserté notre vie.

Que fait-il dans mon lit ? En aurait-il envie ?

Sa voix me parvient à la fois éloignée et proche. Tel un écho, je l'entends me murmurer : « Que fais-tu ici, Rose ? Reviens. »

Je crois que je divague. Les plantes, le jeûne.

La folie me gagne. Amie ou ennemie ?

Perdre la raison est une tentation chaque jour plus grande.

Je flirte avec les sentiments contraires.

Est-ce que je peux continuer ce rêve ? S'il vous plaît, laissez-moi poursuivre ce rêve.

Merci, Oscar, d'avoir veillé sur mon sommeil.

Où es-tu, Oscar ? Viens chanter à mon oreille.

De : Alexandre Willers
À : Elisa Willers
Date : samedi 1er juin 09:15
Objet : Ma petite fouineuse a des états d'âme !

Sherlock Holmes, sors de ce corps ! Que vas-tu encore imaginer ? Maman fait du tri dans ses affaires et… ? Quelle conclusion en tires-tu ?

Elle est fantasque et imprévisible. Elle a peut-être un nouvel amant (ce qui ne serait pas pour me déplaire sauf s'il est prépubère), l'envie folle de déménager, le projet de vendre son appartement ou que sais-je… Simplement le besoin de tuer le temps les soirs de mortel ennui.

C'est vrai que la présence de deux coffres dans son dressing m'intrigue et me réjouit ! Je ne te cache pas qu'un ou deux lingots tombés du ciel feraient mon bonheur. Pardon, je suis cupide, une autre de mes qualités !

Tu veux savoir si on a le droit de fouiller dans la vie de ses parents. Question purement rhétorique, pour la forme, n'est-ce pas ? Parce que tu n'as pas besoin de mon approbation pour assouvir ta curiosité. Tes prétendus remords après avoir forcé le tiroir du secrétaire de Papa me laissent de marbre. Cette fausse pudeur n'est que simple coquetterie. Je vois d'ici tes yeux ronds lorsque tu as découvert le petit autel de papier qu'il a érigé à la gloire de Maman. Je suis certain que tu as fait des bonds dans le bureau, ravie de ta trouvaille. Tu rêves secrètement que Papa et Maman se remettent ensemble. Espoir puéril et vain. Tu connais le dicton : quand le ver est dans le fruit…

Mais si cela soigne ta mauvaise conscience, ton grand frère te donne sa bénédiction pour fouiner, y compris pour regarder à l'intérieur du coffre à son nom si tu parviens à emprunter les lunettes thermiques de 007 ou à faire sponsoriser ton enquête par le MI6.

Je suis impatient de lire ton prochain compte rendu, sœurette.

Je t'attends pour aller manger un donut. Tu viens ?

Je t'embrasse,

Alex

P. S. : C'est une vue de l'esprit ou on ne s'est jamais autant parlé que depuis que j'habite New York ?

De : Adrien Willers
À : Jim Simon
Date : dimanche 2 juin 15:15
Objet : Prochainement à l'affiche

Cher Monsieur,

Est-ce parce que nous avons partagé le même lit que vous vous permettez de m'appeler par mon prénom ? Si vous le voulez bien, évitons les familiarités.

J'avoue avoir été amusé par votre démarche. L'amant qui contacte le mari pour lui demander des nouvelles de sa femme, ce n'est pas banal. Quand elle l'apprendra, Rose va se délecter d'un tel épisode. Il ne vous a pas échappé qu'elle se servait de tout ce qu'elle vivait pour écrire. Une vraie cannibale. Alors notre échange ne manquera pas de figurer dans son prochain scénario ou son prochain roman, soyez-en sûr.

Ainsi, vous vous inquiétez. Vous avez tort. Rose sait toujours ce qu'elle fait. Elle est capable de tout feindre et de tout expérimenter pour approcher de près les gens qui l'intéressent, les observer, ressentir, comprendre... Et ensuite, restituer ce qu'elle a partagé avec eux dans un documentaire ou une fiction. Cannibale et caméléon.

Comment pouvez-vous l'imaginer entre les griffes d'un dangereux gourou ? Je suis étonné que vous la connaissiez si mal et que vous doutiez de sa démarche. Est-ce pour cela qu'elle est partie ? Et si, comme vous le dites, elle consomme des plantes hallucinogènes, il faut peut-être s'en réjouir. Rose est une obsédée du contrôle. L'expérience pourrait la détendre.

Votre mail a piqué ma curiosité. Ma femme n'en finira jamais de me surprendre. Vous m'avez donné envie de lui écrire, mais certainement pas pour lui demander de rentrer à la maison. D'ailleurs, de quelle maison parlez-vous ?

Cette question n'appelle aucune réponse.

Bien à vous,

Adrien Willers

De : Elisa Willers
À : Alexandre Willers
Date : mardi 4 juin 04:30
Objet : Mauvais pressentiment

Alex,

J'ai peur.

Je crois que Maman est malade.

J'ai consulté sa messagerie pour savoir si elle prenait connaissance des mails des journalistes qui souhaitent l'interviewer au sujet de « Shot de Gin ».

Elle n'en ouvre aucun.

Elle n'a pas lu non plus le dernier courrier du Dr Lamaline, dont l'objet est « Chimiothérapie ».

Te souviens-tu de la fois où Maman s'est fait opérer d'une hernie ?

Elle n'avait rien dit à personne.

Ni à nous ni à Papa.

Elle était allée seule à l'hôpital, en taxi.

Elle nous avait téléphoné après l'intervention.

Pour nous avertir qu'elle passait une nuit en observation.

Qu'il ne fallait pas s'inquiéter !

Qu'elle serait de retour le lendemain.

Nous étions sidérés.

J'entends encore son explication : « Je suis comme les chats, je préfère m'isoler pour épargner mon entourage. »

Papa avait eu cette réponse frappée au coin du bon sens : « Les chats se cachent quand ils sont malades pour ne pas montrer à leurs ennemis ou aux prédateurs qu'ils sont faibles. Nous ne sommes pas tes ennemis. »

Alex, si Maman jouait encore au chat ?

Si elle avait une grave maladie et qu'elle voulait nous la cacher ?

Alex, j'ai l'impression d'avoir été percutée par une rame de métro…

J'ai peur.

Que fait-on ?

Je t'embrasse,

Lili

P. S. : Je n'ai pas osé ouvrir les mails du Doc.

De : Alexandre Willers
À : Elisa Willers
Date : lundi 3 juin 22:32
Objet : Euh… Ouvre !

Tu me fais flipper, Lili !

Je ne peux pas t'appeler, je suis coincé à un dîner…

OUVRE le mail et tiens-moi au jus. Je garde mon téléphone à portée de main.

De : Elisa Willers
À : Alexandre Willers
Date : mardi 4 juin 08:39
Objet : Sans voix

Alex,

Nuit blanche.
Yeux gonflés.
Souffle court.
Noyée.
Ci-dessous, le courrier du Dr Lamaline.

Lili

Pièce jointe : Dr Marc Lamaline à Rose Dessables

Paris, le 17 juillet,

Chère Rose,

On se connaît depuis suffisamment longtemps pour que je me permette de vous écrire en tant que médecin et en tant qu'ami.

L'hôpital m'informe que vous avez décidé de ne pas poursuivre votre chimiothérapie et que vous avez demandé à ce qu'on vous retire votre cathéter. Je sais à quel point les deux premières séances ont été éprouvantes.

Vous avez exigé de ma part un langage de vérité. Je ne vous ai jamais menti et je vais continuer dans cette direction.

Les statistiques de survie à court terme d'un cancer du pancréas peuvent sembler décourageantes mais à ce jour, Rose, la chimiothérapie reste votre seule chance de ralentir la progression de la maladie.

Vous aviez manifesté le souhait lors de votre dernière consultation début juin de participer à un essai clinique américain portant sur « la voie de signalisation WNT » administré oralement. Vous aviez bon espoir d'être éligible à cet essai, recommandée par deux éminents scientifiques que vous avez eu l'occasion de rencontrer en reportage.

En tant que médecin, il est de mon devoir de vous rappeler que cette approche expérimentale, bien que prometteuse, n'en est qu'à ses balbutiements. La phase d'évaluation débute. Son efficacité et sa pertinence restent à démontrer.

En tant qu'ami, je suis là pour vous soutenir dans vos décisions. Je suis donc disponible, à n'importe quel moment, pour envisager avec vous toutes les options et vous fournir de plus amples informations afin que vous puissiez faire un choix éclairé. Je vous accompagnerai, quel que soit le chemin emprunté.

Amitiés,

Marc Lamaline

Le 4 juin

Si tu devenais mon cercueil, mon cher Journal, ma pierre tombale et mon épitaphe avec toutes ces facettes de moi que je t'ai confiées et qui ne mourront pas ? Que tu restes le dernier vestige de mon existence. Je pourrais te garder avec moi. Je ne sais pas encore qui va creuser le trou près de l'arbre. Je suis trop faible pour le faire moi-même.

Il n'y aura pas de boîte. Juste un trou… Je ne veux pas être enfermée. Et j'aime l'idée de nourrir la terre qui m'a nourrie. À quoi sert de protéger un corps en décomposition ? En plus, tu as bien vu, au pied de mon bel arbre, il y a déjà un cimetière avec toutes ces carapaces, ces coquilles inhabitées, ces feuilles putréfiées, ces insectes sans ailes. Un monde de cadavres à même la terre. Le cycle de la vie et de la mort. Et si Paco avait raison. Si la frontière entre les deux était infime ?

Cela me fend le cœur d'imaginer mon corps raide et froid, moi si souple qui aime tant avoir chaud. Tu crois que je vais vraiment devenir froide sous cette chaleur torride ? Le thermomètre ne descend jamais en dessous des 35 degrés. Alors cela me semble improbable.

À ton avis, en combien de temps vais-je pourrir ?

J'espère qu'on fermera mes paupières avant de me jeter dans le trou. Je n'ai pas envie d'assister à cette mauvaise scène. On ne peut pas être spectateur et acteur. Ni dans la vie ni dans la mort.

Je n'ai jamais interviewé de médecin légiste, mais je crois que la moisissure commence par faire des taches sur la peau. Les bactéries ensuite creusent les chairs.

J'aurais souhaité donner mon corps à la science, mais je suis trop rongée de l'intérieur. Alors, je donne mon corps à la forêt.

Quels sont les animaux qui viendront s'emparer de mes organes ? Les singes, les écureuils, les mygales, les serpents ? J'espère qu'ils ne tomberont pas malades. Avec tous les médocs que j'ai avalés, mon niveau de toxicité doit être proche d'une usine de pétrochimie qui explose. Du coup, je m'interroge. Est-ce qu'il ne serait pas plus prudent de me mettre dans une boîte ? Je ne voudrais pas que ma mort entraîne d'autres morts.

Mais définitivement, je déteste l'idée d'être prisonnière entre quatre planches.

Tu as vu tout le mal que Paco se donne pour faire revenir mon âme vagabonde. Elle a eu raison de se tirer très très loin avec ce qui va rester de mon corps ! Quelques os, des dents ?

Toi, il va falloir que je te protège si je t'emmène dans le trou, sinon tu vas moisir à mon contact. Tu as une idée ? Dans un sac plastique ? Pas très écologique. Dans un bout de tissu ? Il va prendre l'eau. Je vais chercher une astuce.

Je refuse que les enfants embrassent mon cadavre. Je veux vivre dans leur souvenir, éclatante et rieuse. Pas grise, tachée, raide et glacée.

Je suis atone, anesthésiée. J'ai eu la main lourde sur la morphine tout à l'heure. Je ne sais pas pourquoi j'ai avalé autant de cachets alors que je souffre moins depuis quelques jours. Cette impression de bouillie dans le cerveau n'est pas désagréable. Ne rien ressentir. Planer, caresser la mort et l'apprivoiser.

De : Elisa Willers
À : Rose Dessables
Date : mardi 4 juin 18:28
Objet : S'il te plaît, Maman

Maman,

Par où commencer ?

Je n'arrive plus à réfléchir depuis que j'ai consulté le dernier mail que t'a adressé le Dr Lamaline.

Tu ne l'as même pas ouvert.

Tu as un cancer, Maman ? Tu ne te soignes pas. Et tu es partie…

Sans rien dire.

Sans te retourner.

Tu as gardé pour toi cette bombe atomique.

Et moi, je n'ai rien vu.

Je m'en veux… infiniment.

Je sais que les statistiques font trembler.

Qu'un traitement de chimiothérapie laisse à terre.

Mais tu dois te battre.

La chimio, même avec des résultats navrants pour l'instant dans le cas de ta maladie, t'offre au moins une perspective : le temps.

Et le temps, c'est de l'espoir.

S'il te plaît Maman, gagne du temps.

Les progrès de la médecine sont fulgurants.

L'intelligence artificielle avance à pas de géant.

Elle peut t'offrir une thérapie ciblée en fonction de tes caractéristiques génétiques et biologiques.

Suivre en direct l'évolution de ta tumeur.

Maman, l'IA emmagasine des informations à une vitesse que ton cerveau ne peut même pas concevoir.

Bientôt, il y aura de nouveaux protocoles de soin, de nouveaux médicaments.

Bientôt cette saloperie d'ombre sur ton pancréas, on lui fera la peau.

Je te le jure.

Est-ce que tu prends le traitement expérimental dont parle le docteur ?

Maman, reviens. Je ne peux pas vivre sans toi.

Je t'aime, je t'aime, je t'aime. Tu l'as oublié ?

Elisa

De : Alexandre Willers
À : Rose Dessables
Date : mardi 4 juin 12:28
Objet : Pas d'accord

Maman,

Tu n'as jamais cessé d'être une enfant. Cela fait partie de ton charme, mais pourrais-tu, pour une fois, te comporter en adulte ? Comment as-tu pu interrompre ton traitement de chimiothérapie ? Tu es une guerrière, je m'étonne que tu ne te sois pas jetée corps et âme dans un combat contre cette saleté de maladie même si vos armes sont inégales. Tu nous as appris à ne jamais baisser les bras, à ne jamais nous décourager. Tu nous as ressassé que rien n'était inaccessible. Tu nous as poursuivis toute notre enfance avec tes citations fétiches, un vrai bourrage de crâne :

« Ils ne savaient pas que c'était impossible, alors ils l'ont fait. » (Mark Twain)

« Il faut toujours viser la lune, car même en cas d'échec, on atterrit dans les étoiles. » (Oscar Wilde).

« Ne jamais renoncer. Ne jamais faire semblant. Ne jamais rester immobile. Ne jamais s'accrocher au passé. Ne jamais arrêter de rêver. » (Steve Jobs)

Tu vois, Maman, j'ai bien retenu la leçon. Mais toi ? Tu jettes l'éponge à la première difficulté. 10 % de chance de survie avec un traitement. Une chance sur dix et cette chance, tu la laisses filer ? Tu as toujours eu une baraka d'enfer. Tout ce que tu touches se transforme en or. Tu te lances dans le documentaire, tu rafles le prix Albert Londres. Tu décides d'écrire de la fiction, ton premier roman est un succès et dans la foulée, tu es intégrée dans une équipe de scénaristes. Tu rêves d'être chanteuse, tu te hisses en tête des hit-parades. Tu fais deux enfants, ils sont géniaux ! Alors pourquoi tu ne gagnerais pas au grand loto de l'univers ?

Je te préviens, je ne suis pas d'accord pour que tu ne te soignes pas. Je ne te laisserai pas faire.

Tu as encore plein de chansons merdiques à écrire. Je n'enregistrerai pas de duo avec toi (comment avais-tu pu envisager cette possibilité ? Cela n'arrivera jamais, Maman), mais je te promets que si tu rentres, je ferai un effort avec Jim. J'essaierai d'être aimable. Et si tu ne rentres pas, je viendrai te chercher. Je ne te cache pas que ça ne m'arrange pas. Les sorciers aux pratiques fumeuses, les bêtes sauvages, les moustiques, les racines hallucinogènes et les lits humides ne me font pas rêver. Mais s'il le faut, à l'autre bout de la planète, au milieu du désert, sur un iceberg ou dans l'espace, je te retrouverai.

Maman, rentre à Paris.

Si tu ne le fais pas pour toi, fais-le pour nous.

Dans l'un de tes récents mails, tu m'as reproché de ne pas me livrer, de ne pas te faire assez confiance. Je te retourne le compliment. Pourquoi nous as-tu menti ? Tu n'avais pas assez confiance en nous ?

Bisous,

Alex

Le 5 juin

Cher Journal,
Cher compagnon d'infortune,

Est-ce que je suis honnête avec toi ?

Peut-on relater sincèrement ses sentiments les plus profonds et ses états d'âme quand on est sous leur emprise ?

Ils me tyrannisent et me détournent de ma route. Je m'efforce de devenir un bouddha zen. Je me fais l'effet d'un canard sans tête.

J'ai enfermé les enfants et Adrien à double tour dans un compartiment de mon cerveau. Afin de les tenir à distance. Ils tapent des poings pour en sortir. Depuis qu'ils savent pour le crabe, j'entends leurs voix entremêlées, assourdies, me parvenir dans une cacophonie anxieuse. « Maman, tu nous manques », « Rose, dans quelle galère t'es-tu aventurée ? », « Maman, reviens, on va t'entourer »…

Je me suis donné tant de mal pour leur cacher ma maladie. Avoir échoué m'afflige. J'ai peur de ce qui va advenir à présent. Peur de leurs reproches, de leur envie de me secourir. Je ne veux pas être sauvée. Je ne veux pas entendre : « garde espoir », « le moral est primordial », et puis « les miracles existent », « on va t'aider à choisir une perruque. Certaines sont très naturelles ! ».

Mais qu'on me foute la paix ! C'est déjà assez dur comme ça. Je veux rester droite. Rester digne. Ne pas devenir un cas clinique, un symptôme, une douleur, un poids, un boulet, une tumeur, une épave, une ruine, un vieux débris, une droguée, une femme qui bave, qui fuit de toutes parts, qui porte des couches, l'œil jaune, le teint cireux, un cadavre ambulant… Laissez-moi être l'ombre de moi-même, seule, dans la forêt.

La vérité à présent révélée, les images m'envahissent et me crucifient.

J'imagine Elisa, si délicate et prévenante, annoncer la nouvelle à Adrien. Où était-elle ? Attablée dans la cuisine ? Assise près de lui dans le canapé du séjour ? Dehors, sur un banc dans le jardin du Luxembourg. Ils s'y retrouvent parfois pour partager un sandwich à midi. La connaissant, elle a pris quelques précautions oratoires. « Maman ne va pas très bien, elle est malade… » Je suis sûre qu'elle n'a pas immédiatement précisé qu'il s'agissait d'un cancer et encore moins du pancréas. J'entrevois Adrien se raidir : mains crispées, nuque tendue, mâchoire verrouillée. Muet. Il se renferme sur lui-même quand il est affecté. Mais ses iris qui se mettent à valser dans ses beaux yeux verts le trahissent.

Alexandre aussi est très secret, dans son style. Trop fier pour se lamenter. Trop pudique pour demander de l'aide. Il se réfugie derrière cet humour grinçant qui ne fait pas l'unanimité. J'espère qu'il a lâché deux ou trois blagues cyniques du genre : « Le pancréas, rien que ça ! Maman n'entreprend jamais rien à moitié » ou « C'est son plus mauvais scoop » !

C'est pour lui que je m'inquiète le plus. Il met tant d'ardeur à cadenasser ses émotions, à rester à l'écart des grandes effusions, qu'un jour le couvercle de la marmite va sauter et ce jour-là, je ne serai plus là pour le consoler.

Est-ce que tu m'entends, cher Journal ? Est-ce que toi aussi tu as une sensibilité ? Tu es devenu bien plus qu'un inventaire de papier désincarné. Quand la nuit tombe, j'ai envie de te retrouver comme on se jette dans des bras rassurants.

Écrire me tranquillise. Même si ce soir, les mots ne suffisent plus.

Je suis rongée par la culpabilité et la honte, les deux rançons du mensonge. J'aimerais que les enfants sachent que je ne pouvais pas faire autrement. J'avais besoin de sauter du bateau pour échapper au mal de mer. M'enfuir était l'ultime issue. La seule qui me permette de tenir debout.

Où es-tu, Oscar ? Viens me distraire. À ton tour, tu fais l'école buissonnière ?

Oscar n'apprécie pas les fourmis rouges qui font la queue leu leu sur la rambarde du balcon et gagnent du terrain. Bientôt, elles formeront un tapis dans ma chambre. Si seulement, je pouvais m'allonger sur le sol avec Adrien et mettre à fond la chanson de Michel Jonas :

Est-ce que quelque chose a changé
Couchons-nous sur les fourmis rouges

Pour voir si l'amour est resté
Pour voir si l'un de nous deux bouge
Couchés sur les fourmis rouges
[…]
Refuge de la dernière heure
Et première tâche de bonheur

De : Rose Dessables
À : Elisa Willers
Date : mercredi 5 juin 08:32
Objet : On ne se prépare pas aux malheurs

Mon Elisa d'amour que j'aime « plus que la terre, le ciel et toutes les étoiles ». Te souviens-tu de cette jolie formule que tu avais trouvée au jeu des « tu m'aimes gros comment ? » lorsque tu étais petite ?

Tu n'as rien vu parce que je l'ai voulu ainsi. J'espérais que tu apprendrais mon départ, presque par hasard, au détour d'un appel téléphonique de l'autre bout du globe, un matin ensoleillé, la tête encore dans l'oreiller. J'aurais souhaité t'épargner l'angoisse, l'attente, les regrets… Toutes ces affres qui nous affligent inéluctablement quand on regarde quelqu'un s'en aller.

On ne se prépare pas aux malheurs, c'est l'une des lois de la nature humaine, alors autant qu'ils vous tombent dessus sans s'être annoncés.

Tu es bien trop lucide pour qu'on s'invente des histoires à présent que tu connais la vérité. Tu as consulté les statistiques. Elles sont accablantes.

J'adorerais courir le semi-marathon avec ton intelligence artificielle, mais avec ce mauvais crabe aux trousses, je ne peux que concourir pour le cent mètres. Et cette course de vitesse-là, la dernière, je veux qu'elle soit éblouissante. Pas encapsulée dans un algorithme par un système informatique qui n'a ni conscience de lui-même ni compréhension de sa propre existence. Alors de la mienne !…

J'ai des médicaments pour ne pas souffrir, je suis entourée d'hommes et de femmes qui considèrent la mort comme une étape importante dans le cycle de la vie, comme une transition vers un ailleurs où les âmes poursuivent leur voyage. Cette philosophie qui ne s'expérimente que dans l'instant me fait du bien. Elle éloigne l'issue fatale, la dissout pour quelques minutes de tranquillité. Elle m'aide à accepter l'inacceptable, à chercher la paix. Et elle apaise mes douleurs. Cet horrible mal au ventre qui me brise le dos s'est beaucoup atténué depuis que je suis ici.

Je sais que cela te cause du chagrin, mais je suis heureuse d'être loin de toi, loin de ton frère, de ton père… Loin des êtres que je chéris le plus au monde et qui font le sel de mon existence. Partir aurait été plus dur encore à vos côtés.

Quand j'aurai un pied sur l'autre rive, je trouverai la force de me relever une dernière fois pour vous dire : « Merci, grâce à vous j'ai aimé, grâce à vous j'ai réussi ma vie. »

Tendres baisers ma grande fille adorée,

Maman

P. S. : Oui, je participe à un essai clinique américain, mais il s'agit d'un traitement expérimental qui n'a pas encore fait ses preuves. Et toi, comment es-tu parvenue à avoir accès à mes mails ?

De : Rose Dessables
À : Alexandre Willers
Date : mercredi 5 juin 09:11
Objet : Pas de violons, pas de trémolos

Mon fils,

Si j'ai menti, ce n'est que par omission.

Pour ne pas dire : je vais mourir. Plus tôt que prévu. Bientôt, je ne serai plus là pour te voir grandir. Je ne verserai pas de larmes aux premières notes de la marche nuptiale en te conduisant à l'autel le jour de ton mariage. Je ne saurai jamais si tes enfants préfèrent les tartines de miel ou de confiture. S'ils ont tes yeux. Si tu es heureux, amoureux. Si tu aimes toujours autant le bleu. Si tu as enfin renoncé aux socquettes en portant des costumes. Si tu es toujours d'aussi mauvaise humeur le matin.

Je ne serai pas là pour applaudir tes succès, panser tes peines. Je ne te serrerai plus jamais dans mes bras.

Si j'ai menti, c'est aussi pour ne pas dire : j'ai mal, je souffre, je suis vulnérable, je marche dans le noir, j'avance vers les ténèbres et cela me terrifie. J'en veux à la terre entière parce que ce qui m'arrive est injuste.

Mon Alex, si je suis partie, c'est pour ne pas prononcer ces phrases tire-larme qui ne font de bien à personne, pour éviter toute interaction émotionnelle qui nuirait à l'apaisement que je suis venue chercher ici.

On survit dans le souvenir des êtres chers. Pour toi, je tiens à rester à jamais une Maman qui aime, protège, entend, espère le meilleur, agace aussi parfois. Je ne veux pas être une mère malade, affaiblie, diminuée, au teint livide, aux cheveux rares.

À défaut de me comprendre, j'ai besoin que tu respectes ma décision. Je souhaite m'éteindre debout dans la lumière ou sous un arc-en-ciel. Pas allongée, droguée dans un lit d'hôpital sous un néon blafard.

Ici, la nature est extravagante. « À mon image », dirait ton père. J'ai trouvé l'arbre à l'ombre duquel j'ai décidé de reposer pour l'éternité. Tu sais à quel point je tiens en horreur les cimetières et les cérémonies d'Adieu. Les habitants du village m'y enterreront. Ensuite, vous pourrez, si vous le souhaitez, ta sœur et toi, venir découvrir cet endroit béni où les papillons éclosent sous nos yeux, où l'univers vibre d'une si belle manière. J'ai laissé à Paris deux billets d'avion pour Lima valables deux ans. Et des indications pour rejoindre le lieu où je suis. Ils sont dans les coffres que j'ai installés à vos noms dans mon dressing. Vous y trouverez aussi les rares objets que j'ai envie de vous transmettre, quelques bijoux, des albums photo que j'ai réalisés avant de partir, un enregistrement audio avec des conseils de « vieux cons » pour la route, et une lettre à chacun. Le temps venu, mon notaire vous dira où sont les clés.

Alex, promets-moi que tu ne me chercheras pas. Je ne vous ai jamais précisé où je m'étais réfugiée exactement et la jungle amazonienne au Pérou est une vaste étendue de près de 800 000 km^2. Tu as autant de chances de me repérer qu'une aiguille dans une botte de foin.

C'était la première et la dernière fois que j'évoquais la mort, ma mort, avec toi, mon Alex. J'espère que nous allons continuer à nous écrire, le plus longtemps possible. Je te raconterai mes expérimentations ici (n'ayant plus rien à perdre, je vais essayer l'ayauasca, en as-tu entendu parler ?), mes découvertes quotidiennes, mon émerveillement face à tant d'étrangeté. Je souhaiterais que dans nos prochains échanges nous célébrions la vie. La tienne est devant toi et au moment d'appuyer sur le bouton « envoi », cela m'emplit d'un bonheur infini.

Je t'aime,

Maman

P. S. : Tu as bien fait de choisir la citation de Steve Jobs. Il est mort du même cancer que moi !

De : Elisa Willers
À : Rose Dessables
Date : jeudi 6 juin 17:36
Objet : Explosion

Maman,

Comment ai-je eu accès à tes mails ?

Il m'a fallu moins de deux minutes pour trouver une vulnérabilité dans ton ordinateur à la maison.

Pour avoir accès à ton Cloud.

Et donc à tes messages.

Tu as bien conscience que tes appareils connectés sont des mouchards ?

Ils sont dopés aux dernières technologies pour mieux te servir, mais aussi mieux t'espionner.

Certaines applications de ton téléphone te géolocalisent toutes les soixante secondes.

Tes mouvements sont enregistrés par les antennes-relais de ton opérateur.

Même au milieu de la forêt amazonienne, Maman !

Ne sois pas outrée, s'il te plaît.

Je te promets que je n'ai pas fouillé dans tes affaires.

Ni violé ton intimité.

Je n'ai consulté ni tes dossiers ni tes photos.

Je n'aurais jamais osé.

Mais j'étais inquiète et j'ai voulu savoir.

Quand est apparu dans ta boîte mail un courrier du Dr Lamaline intitulé « Chimiothérapie », je n'ai pas pu m'empêcher de l'ouvrir.

Et la réalité m'a foudroyée.

J'ai traversé Paris à pied en me demandant comment j'allais annoncer la nouvelle à Papa.

Il est resté sans voix.

La nuit, je me suis levée pour boire un verre d'eau.

Dans l'entrebâillement de la porte du salon, je l'ai vu, assis sur le canapé en velours, les mains sous les cuisses, la tête baissée.

Il pleurait.

C'est la première fois que je voyais Papa pleurer.

Maman, tu as raison : on ne se prépare pas aux malheurs, mais on peut les affronter ensemble.

Je t'embrasse très fort,

Elisa

Le 6 juin

Je viens de vivre une journée extraordinaire, comme si en quelques heures toute la beauté et la cruauté du monde m'étaient apparues, se livrant un combat sans merci.

Je décide que la beauté triomphe. Elle a tout balayé : l'angoisse, la douleur et le désespoir.

Ce n'était pourtant pas gagné. Le départ avec Paco à l'aube a été difficile. Il marchait vite dans la brume du petit matin sur ce sentier de terre rouge recouvert de feuilles mortes et de plantes rampantes. J'avais du mal à lui emboîter le pas, soucieuse de ne pas trébucher sur une pierre glissante ou une ronce. Et je ne pouvais pas m'empêcher de me demander quelle folie m'avait poussée à accepter cette randonnée jusqu'à « la rivière bouillonnante ». Le trajet de plus de deux heures s'annonçait long et dangereux pour quiconque n'ayant pas une condition physique irréprochable. Il fallait se frayer un chemin à travers la végétation dense avec ces lianes entremêlées qui nous barraient la route, traverser sans fermer les yeux des nuées de moucherons et de moustiques voraces, enjamber de petits cours d'eau sans savoir où prendre ses appuis. Comment avais-je pu me laisser convaincre ? Le début de l'expédition a été éprouvant. J'avançais la peur au ventre, ma main inspectant ma poche pour vérifier que mes cachets antidouleurs étaient bien là. La tentation était grande de les avaler tous, d'un coup, sans les compter pour glisser dans le brouillard. Pour ne plus voir et ne plus ressentir.

Mes larmes ont commencé à couler lorsque les premiers rayons du soleil ont franchi la canopée créant un jeu de lumières fantomatique. Mes jambes étaient endolories, mes muscles de bois. Le souffle court, chaque inspiration me brûlait, produisant un sifflement inquiétant.

Mon corps était en guerre. J'étais en guerre. Pourquoi cela m'arrivait à moi ?

Les cris d'animaux sauvages déchiraient le silence. Au milieu de cette nature menaçante, les arbres ondulaient, prenant des formes étranges. J'ai alors pensé à cette peinture de Dante représentant l'Enfer, à cette faille dans la terre où je me suis vue m'enfoncer sans jamais toucher le fond. Perception d'épouvante qui m'a serré la gorge rendant plus difficile encore ma progression. De toutes mes forces, j'ai convoqué l'instant présent, me concentrant sur ce qui m'entourait. L'énergie de cet environnement sauvage faisait naître en moi un étourdissement… L'envol des perroquets sur mon passage, le ballet des palmiers au-dessus de ma tête amplifiaient ma vulnérabilité. Chaque lueur filtrant à travers le feuillage sonnait comme le rappel de ce que j'allais perdre, de toutes ces splendeurs que je n'aurais pas le temps d'explorer, des êtres chers que je ne reverrais jamais. J'étais accablée par le poids de ma condamnation… À mort.

Alors, je me suis confessée à Paco. Je lui ai dit la maladie, le crabe qui bouffait mes entrailles, les traitements inefficaces, la propagation, l'incurabilité – quel mot affreux –, l'injustice, la rage, la colère, la chute, la déchéance à venir, le deuil de ce qui ne serait jamais, l'absence et la solitude.

Sans se retourner, il a engagé la conversation :

« Est-ce que tu as appris à aimer ta maladie ? »

J'ai d'abord cru avoir mal entendu. Comment aimer la maladie, ce Judas qui vous prend par surprise, déployant l'artillerie lourde sans vous laisser la moindre chance de l'affronter ? Et Paco a poursuivi :

« La maladie est un appel à retrouver l'harmonie, à panser tes blessures profondes. Je te l'ai déjà dit : ton âme s'est éloignée sous le poids des traumatismes et des épreuves. Elle doit revenir. La maladie t'incite à chasser les blocages qui ont affaibli le lien entre ton âme et ton corps. C'est un avertissement et une invitation à guérir. »

Je me suis figuré tous ces charlatans, ces gourous à travers le monde qui promettent monts et merveilles, guérisons miraculeuses, retour d'affection et autres chimères. Je me suis demandé si Paco avait sa place au rang des bonimenteurs et des imposteurs, mais je devais bien reconnaître qu'il n'avait jamais fait la publicité de ses pratiques ni encouragé quiconque sur une voie qu'il ne souhaitait pas emprunter. Il ne réclamait pas non plus d'argent à ses hôtes. Cela le rendait à mes yeux moins suspect. À classer dans le camp des rêveurs ou des illuminés.

Je me suis surtout interrogée sur moi-même. Je n'étais pas venue ici pour guérir. Mais pour chercher la paix. Je n'ai pas trouvé les mots pour expliquer à Paco ma démarche. J'aurais voulu lui dire d'alléger son discours, de ne surtout pas évoquer de possible rétablissement. Il n'y a aucune résurrection pour moi. Je le sais. J'ai consulté tous les pontes de l'oncologie. Ils sont formels : je vais mourir. De mon cancer. Quand ? Sans chimiothérapie, à courte échéance. C'est une certitude. La seule liberté qu'il me reste est de choisir comment. Ce sera sans radiations, au milieu de nulle part, loin de tous ceux que j'aime.

Je suis anéantie, mais je ne veux pas être dans le déni, encore moins dans l'espoir. Ainsi, je me suis contentée de répondre à Paco que je n'avais pas traversé de grandes douleurs dans ma vie : pas de traumatisme infantile, pas de viol, pas de coup du sort, pas de coups de bâton, pas de trahison, pas de brimade, pas de harcèlement, pas de déceptions majeures… Quelques morsures, quelques brûlures, oui, mais pas de celles qui laissent des cicatrices indélébiles.

Il a ri et, toujours sans se retourner, a poursuivi sa fable :

« Parfois nous n'avons pas conscience de nos fêlures. Nous en héritons de nos ancêtres. Les souffrances de ceux qui t'ont précédée, leurs rêves avortés, leurs peines anciennes : tout cela résonne en toi et influence ton propre destin. L'écho des vies passées laisse son empreinte. La maladie que tu portes n'est pas seulement la tienne, mais aussi celle de tes aïeux. Tu peux leur offrir une chance de guérir à travers toi, de trouver enfin le repos éternel. »

Les derniers mots de Paco ont glissé sur moi comme l'eau cristalline du ruisseau que je venais de franchir. J'ai pensé à ma légende familiale, à tous ces drames qui se racontent, à voix basse, les soirs d'hiver au coin d'un feu. J'ai eu le cœur lourd en serrant dans mes bras ma grand-mère chérie, orpheline de père et de mère à sept ans, abusée sexuellement par son oncle à l'adolescence, engagée dans la Résistance et qui a vu son fiancé, torturé et exécuté sous ses yeux. J'ai tenté d'imaginer son amoureux pendu à un croc de boucher, sa mère morte en couche avant d'avoir fêté ses trente ans, son père tombé d'une échelle. Et puis je me suis souvenue des photos en noir et blanc dans ces cadres jaunis, abandonnés au grenier : une arrière-grand-mère ruinée au jeu qui s'est défenestrée, une autre manchote qui s'est tuée à la tâche pour nourrir ses enfants quand son mari, acteur raté, dilapidait l'argent du ménage dans des bars en se rêvant sur les planches. Est-ce que ces désastres familiaux coulent dans mes veines ? Alimentent mon ADN ? Est-ce qu'ils m'affectent sans que je m'en aperçoive ? Est-ce que les chagrins s'additionnent ? Pourquoi est-ce à moi qu'on présente la note ?

Cette balade dans les branches mortes de mon arbre généalogique a fait diversion. J'ai éprouvé un soulagement d'avoir révélé mon cancer à Paco. Il n'était pas surpris par cette annonce – il m'assura avoir déjà tout détecté dans les entrailles du cochon d'Inde sacrifié à mon arrivée –, mais en chemin, il a partagé avec moi cette charge mentale et m'a offert un peu de répit.

Tout à coup, le paysage a changé. L'hostilité s'est muée en mystère.

Mon regard s'est posé sur les gouttes de rosée scintillantes comme des pierres précieuses, sur les pétales écarlates des orchidées qui déployaient leur charme éphémère, sur les ailes tachetées des papillons virevoltant autour de moi. J'ai été émue par toutes les nuances du ciel quand l'aurore s'éloigne. J'ai aimé l'odeur boisée de l'écorce humide, le parfum subtil des fleurs sauvages, l'arôme de la terre... J'ai tendu l'oreille aux singes hurleurs, entendu le bourdonnement des insectes, le chant des toucans, le murmure des feuilles. J'ai même vu un tapir disparaître dans les fougères. J'ai été attentive à tous ces miracles. J'avais soudain cette capacité d'émerveillement qui permet d'apprécier les petites choses, de s'imprégner de la magnificence de la forêt, de savourer chaque instant comme si c'était le dernier.

Et j'ai surmonté le défi physique que constituait notre excursion sans me laisser consumer par le tragique de ma condition. Je voulais puiser dans cet éblouissement de la gratitude. Celle d'avoir été, celle d'avoir aimé.

Au bout du chemin, nous avons enfin aperçu la rivière bouillonnante chauffée par un volcan souterrain dont les fumerolles blanches s'élevaient dans les airs. Un spectacle féerique. Pour Paco, la rivière qui a œuvré à sa propre guérison, il y a trente ans, est sacrée. On ne peut qu'être fascinés par ses eaux tumultueuses qui jaillissent tels des geysers, libérant de l'écume et des vapeurs à travers lesquelles une nuée d'arcs-en-ciel se déploient. Je ne sais pas si, comme le pense Paco, les esprits habitent les lieux, mais une chose est sûre : devant cette nature indomptable qui se déchaîne avec fougue, devant ces flots sortis des entrailles de la Terre, j'étais minuscule, connectée à quelque chose de plus grand, plus fort que moi. Et le brouillard dans mon cerveau s'est dissipé, emporté par le courant.

Nous avons encore parcouru quelques centaines de mètres jusqu'à une petite piscine naturelle, entourée de roches face à laquelle Paco m'a invitée à m'asseoir. Il a dessiné un cercle sur le sol avec les plantes qu'il avait cueillies lors de notre trajet, et placé autour de mon cou une amulette reliée à un cordon tressé. J'ai été touchée par ce cadeau, par cet objet à moi seule destiné :

un disque de bois poli avec des motifs gravés à la main sous forme de spirales, de plumes, de vagues convergeant vers une canine, celle d'un jaguar, sertie dans une pierre centrale noire d'onyx.

« Ces symboles sacrés dans notre tradition représentent l'harmonie. Ils te guideront vers la paix. L'esprit du jaguar t'aidera à naviguer entre les mondes et à affronter avec bravoure les défis. Le cristal incrusté qui scintille évoque l'énergie vitale nécessaire à ta transformation. Ajuste le cordon pour que ce talisman soit en contact avec ton cœur. Il est chargé de mes intentions et de mes prières pour toi. »

J'ai regardé cet homme étrange et généreux brûler de l'encens et tourner autour de moi jusqu'à ce que chaque centimètre de mon corps soit recouvert de fumée. Les volutes créaient une distorsion de ma vision. Lorsque Paco s'est mis à danser, il m'a semblé que ses bras pouvaient atteindre le ciel, toucher le soleil. Ses mouvements étaient fluides, emplis de grâce. Parfois, il revenait vers le sol, ses mains effleuraient la poussière comme s'il voulait faire communiquer l'air pur de la forêt, la terre nourricière et sa flamme intérieure. Je n'ai pas saisi le sens exact de cette transe mais j'en ai accepté l'augure, en jetant à la rivière mon scepticisme et la petite voix qui de temps en temps se rappelait à moi : « De quoi as-tu l'air, Rose ? Où t'aventures-tu ? » J'ai choisi de déposer les armes. Je me suis levée à mon tour, j'ai dansé avec le temps qui m'était compté et j'ai célébré la vie.

Quand Paco m'a demandé d'entrer dans le bassin d'eau chaude qui n'attendait que moi, je ne me suis pas fait prier. J'ai quitté mon jean, ma chemise et mes chaussures et j'ai marché dans cette eau dont la chaleur a pénétré mes pores. Mes muscles endoloris se sont détendus. J'ai laissé cette sensation de légèreté m'envahir. J'ai trouvé une pierre sur laquelle m'asseoir et pour la première fois depuis bien longtemps, j'ai souri.

Paco m'a encouragée à regarder l'arbre majestueux qui s'élevait en face de moi et il m'a dit :

« Si les racines de cet arbre étaient malades, crois-tu que ses branches pourraient atteindre de tels sommets ? Non. Si les racines de l'arbre étaient malades, les canaux qui transportent la sève jusqu'à la cime seraient bouchés, les feuilles perdraient chaque jour de leur force et finiraient par mourir. Imagine que tu es cet arbre. Où le passé rencontre le présent. Je te demande de ressentir l'héritage qui te relie à toutes les femmes de ta famille à travers les générations. Honore-les. Accueille leurs souffrances, leurs luttes, leurs espoirs avec amour. Sans jugement. Reconnais ces femmes dans leur singularité et leur humanité. Comprends que tu portes en toi une part de leur expérience. Mais accepte de te délester. Leurs tourments ne sont pas les tiens. C'est un fardeau dont tu dois te libérer. »

J'ai vu valser derrière mes paupières closes tous les albums de famille et défiler des visages flous comme les reflets ondulants qui s'improvisent sur le papier lorsqu'on révèle un négatif photo. Je n'ai pas su à qui appartenaient ces mines tristes ou réjouies, mais j'ai ressenti le courage, la détermination et la résilience de ces femmes. J'ai eu envie de les étreindre et de leur dire que je les aimais. Et elles ont disparu.

J'ai imaginé que Paco avait des dons de sorcier parce que, à l'instant même où mon esprit n'est plus parvenu à me projeter dans le passé, il a poursuivi :

« À présent, visualise une lumière blanche, éclatante. Laisse-la t'envahir, parcourir tout ton corps, te nourrir. Prends une profonde inspiration et quand tu seras prête, relâche, dans une longue expiration, toutes les douleurs qui ne t'appartiennent pas. La rivière bouillante va les charrier loin de toi. »

Puis Paco a récité un mantra et nous sommes repartis, comme nous étions arrivés. Sur le chemin du retour, j'étais aussi légère que l'air, habitée par cette perception étrange juste avant de quitter mon bain : une main qui m'effleure, un grand frisson le long de l'échine et un calme comme je n'en ai jamais ressenti.

De : Alexandre Willers
À : Adrien Willers
Date : vendredi 7 juin 14:41
Objet : Show must go on

Papa,

Maman ne peut pas mourir, hein ? Ce n'est pas possible. Après avoir été plus accaparante que n'importe quelle mère juive. Après avoir remporté plusieurs années de suite la palme de la daronne la plus exubérante et gênante de l'Histoire. Elle ne peut pas chanter une dernière chanson qui s'intitule « Trois petits tours, et puis s'en va ».

Dis-moi que le spectacle n'est pas terminé, qu'elle sera toujours là.

Alex

De : Adrien Willers
À : Rose Dessables
Date : vendredi 7 juin 21 :12
Objet : Croire au miracle

Bonjour Rose,

Ton flair ne t'a pas trompée : Elisa a été interrogée sur *Le Dernier Jour d'un condamné* et elle s'en est bien sortie. Tu l'as aidée à réviser, tu connais donc la portée philosophique de ce récit qui nous rappelle que la vie est précieuse et qu'il faut la préserver à tout prix. L'antihéros de Victor Hugo ne peut s'empêcher d'espérer une grâce. Je ne poursuis pas l'analyse parce que tu vas encore me reprocher d'être un sale con moralisateur.

Rose, tu n'as jamais cessé de croire aux miracles, aux étoiles qui dansent dans le ciel de nos vies tourmentées.

Est-ce que tu les vois briller dans la jungle péruvienne ? Parce qu'à Paris, les enfants t'attendent. Et ces deux astres-là ne demandent qu'à te protéger.

Pour ma part, je suis toujours aussi sceptique sur l'intervention divine, mais je m'en voudrais d'être seulement un imbécile arrogant et assommant de certitudes. Alors ce soir, j'ai allumé une bougie. Personne n'est venu me parler. Personne pour entendre ma prière, mais j'ai revu la femme qui m'a quittée, campée sur ses talons aiguilles, belle à crever, obstinée. Une tornade. La maladie ne peut pas tenir tête à cette femme-là.

Je t'embrasse,

Adrien

De : Adrien Willers
À : Marc Lamaline
Date : vendredi 7 juin 22:22
Objet : Rose

Bonsoir docteur,
Cher Marc,

Je suis sous le choc d'apprendre que Rose est gravement malade. Plus alarmé encore par l'interruption de ses séances de chimiothérapie. Vous la connaissez suffisamment bien depuis toutes ces années pour savoir que c'est une femme déterminée. Elle a choisi de s'exiler dans une communauté au Pérou. Il n'y a pas de retour en arrière possible ; nos gesticulations à tous pour qu'elle change d'avis n'y feront rien.

Elisa m'informe que Rose participe à un essai clinique américain. J'ai tenté de glaner des renseignements sur le protocole médical en question, mais je n'ai trouvé, sur le Net, qu'une littérature scientifique pointue en langue anglaise. Pourriez-vous m'expliquer simplement en quoi consiste ce traitement expérimental et ce qu'on peut en attendre ? Je n'ai rien contre une lueur d'espoir pour affronter la tempête qui se prépare.

Pardon d'avance si cette autre question vous semble prématurée, elle me brûle les lèvres : le cancer du pancréas a-t-il un caractère héréditaire ? Je tremble pour Rose. Dois-je également m'inquiéter pour nos enfants ? Ils sont très tourmentés par la nouvelle, Elisa notamment qui vivait avec sa Maman depuis notre séparation et qui s'en veut de ne rien avoir descellé.

D'avance merci, cher Marc, pour vos lumières. Vous avez toujours été attentionné avec nous tous et j'imagine que, vous aussi, vous vous faites un sang d'encre pour Rose.

Bien à vous,

Adrien

De : Jim Simon
À : Rose Dessables
Date : samedi 8 juin 01:10
Objet : Dévasté

Pourquoi tu ne m'as rien dit ?

De : Rose Dessables
À : Jim Simon
Date : samedi 8 juin 08:15
Objet : À quoi bon ?

Parce que parfois les mots pèsent une tonne de trop…

De : Rose Dessables
À : Adrien Willers
Date : samedi 8 juin 08:58
Objet : Une dernière danse ?

Adrien,

J'ai souri à la lecture de ton mail. Dans les dernières lignes du bouquin, le condamné de Victor Hugo monte sur l'échafaud avant d'être guillotiné en place publique. C'est exactement ce que je veux éviter. Le spectacle de la mort et tous ces trucs « tarte à la crème » qu'on se dit à la fin et qui vous font regretter, plus encore, de partir. Je préfère que tu gardes en mémoire mes fesses haut perchées sur mes talons aiguilles. Je n'aurai même pas l'occasion de me plaindre de la ménopause. Tu te rends compte !

Je crois que tu n'aimerais pas mon nouveau look de hippie New Age. Ici, c'est jean, baskets, tee-shirt humide, cheveux poisseux, peau luisante. D'ici peu, j'aurai le teint et le fond de l'œil jaunes. Vraiment, réjouis-toi de me savoir loin.

Le temps s'étire à n'en plus finir et les images de nos vacances me reviennent. Te souviens-tu de ce rat énorme que nous avions découvert en ouvrant le tiroir de cuisine d'une maison de location en Corse ?

Nous avions refait nos valises aussi vite que nous les avions déballées et nous nous étions retrouvés, tard le soir, en plein mois d'août, sous le figuier d'une pizzeria à nous demander où nous allions passer la nuit avec les deux enfants qui bâillaient.

Ou ce départ avorté en Inde. Nous avions prévu deux semaines de rêve, rien que tous les deux. Ta tête, quand au guichet d'enregistrement d'Air France, l'hôtesse nous a réclamé nos visas. Nous avions pensé à tout sauf à ce petit détail. J'étais obligée de te courir après dans l'aéroport. Tu faisais des allées et venues dans le hall avec nos bagages pour te calmer. C'est vrai qu'on avait été cons !

Et ce fou rire lors d'une initiation à la pêche au gros à l'île Maurice. Tu avais au bout de ta ligne un thon énorme. Pendant dix minutes, tu as essayé de le remonter en suivant scrupuleusement les indications du marin qui s'est mis à te hurler dessus lorsque finalement, à bout de forces, tu l'as laissé filer. J'entends encore le vieux loup de mer te dire : « Tu ne l'as pas assez ferré, tu as relâché trop de tension, comment as-tu pu permettre à un monstre pareil de s'échapper ? » Et toi d'expliquer que, pardon, la pêche, n'était pas exactement ta spécialité. J'ai failli faire pipi dans mon maillot de bain.

C'est à cela que se résume une vie : la somme des petits, des grands bonheurs, des silences partagés dans l'intimité, des anecdotes qui pimentent le quotidien, les regards plus appuyés que d'autres, des disputes, des réconciliations… Tout ce qui échappe aux sentiments profonds se dilue et disparaît. Des grandes réalisations, des succès, des avancées professionnelles, il ne reste rien. Tout ce que j'ai accompli est déjà parti en fumée.

Mais nous, on a été heureux, n'est-ce pas ?

Exceptionnellement ce soir, comme dans la chanson de Dalida, je vais mettre un peu d'ordre dans mes cheveux, un peu de noir sur mes yeux. Tu m'emmènes manger des profiteroles à la Closerie des Lilas ? Ensuite, on ira danser au Divan du Monde…

Des baisers,

Rose

P. S. : Tu sais qu'Elisa a réussi à entrer dans ma boîte mail ? Je suis fâchée, mais elle m'épate, elle est vraiment ingénieuse.

Le *8 juin*

Ce matin, je me suis laissé étourdir.

Par une toute petite envie, minuscule envie.

De me lever, d'ouvrir la fenêtre, de marcher pieds nus dans la terre.

De regarder les oiseaux qui fredonnent et tourbillonnent.

D'embrasser Oscar.

Dans ma chambre, il y a du soleil.

Enfin.

Dehors, partout de la vie, de la joie.

Alors pourquoi pas à l'intérieur de moi ?

Je la chéris, cette envie. Toute petite envie. Minuscule envie.

Qui me fait monter les larmes aux yeux.

Pourvu qu'elle reste un peu. Juste un peu.

De : Marc Lamaline
À : Adrien Willers
Date : samedi 8 juin 18:49
Objet : Essai « WNT Pathway »

Bonjour Adrien,

Je ne suis pas oncologue, mais je vais tenter de vulgariser l'essai thérapeutique auquel participe Rose. Et la différence d'approche avec une chimiothérapie classique.

Schématiquement, une tumeur cancéreuse se développe à la suite d'une multiplication anarchique de certaines cellules qui perdent leur capacité de réparation. La chimiothérapie classique agit au niveau de l'ADN pour bloquer la réplication du génome. Les cellules qui ne peuvent plus se diviser finissent par mourir. La chimiothérapie s'attaque aux cellules malignes, mais aussi aux cellules progénitrices saines qui se divisent rapidement comme celles du tube digestif, celles à l'origine des cheveux et des poils, et les cellules de la moelle osseuse qui fabriquent nos globules. C'est la raison pour laquelle il y a de nombreux effets secondaires (troubles digestifs, alopécie, anémie...). Rose a été très chahutée à l'issue des deux premières séances. Et elle n'avait qu'une obsession : cacher ses tourments à Elisa pour ne pas perturber la révision de ses examens.

L'essai américain dont elle parle est une thérapie ciblée, c'est-à-dire un traitement qui s'attaque aux anomalies spécifiques de la tumeur pancréatique. Des chercheurs du Memorial Joshua Hospital de New York auraient réussi à emprunter ce qu'on appelle dans notre jargon médical « la voie de signalisation WNT ». Cette voie qui participe au développement embryonnaire est réactivée par les cellules cancéreuses du pancréas et contribue à promouvoir leur prolifération et leur dissémination, rendant les tumeurs très agressives et résistantes aux traitements.

Le médicament que teste Rose (des cachets à prendre chaque jour) vise à stopper, *via* cette voie WNT, la division cellulaire pour aboutir au suicide de sa tumeur cancéreuse qui n'arrive plus à se reproduire.

J'attire votre attention sur le fait que cet essai clinique vient seulement de démarrer sa phase d'expérimentation sur l'homme. Cela signifie que nous n'avons aucun recul sur sa portée ou son efficacité à terme, même si la piste semble prometteuse.

À ce stade, le plus important est de bien l'entourer. Sa maladie, comme vous l'aurez compris, est très difficile à soigner et son évolution souvent fatale.

Rassurez-vous, ce cancer n'est pas héréditaire. Pas de surveillance particulière donc pour Elisa et Alexandre.

N'hésitez pas à me donner régulièrement des nouvelles de Rose qui ne répond pas à mes appels.

Je l'aiderai, je vous aiderai du mieux que je peux.

Votre dévoué,

Marc Lamaline

De : Adrien Willers
À : Rose Dessables
Date : dimanche 9 juin 06:12
Objet : Dors sur tes deux oreilles

Rose,

Elisa n'est pas seulement ingénieuse, c'est un génie de l'informatique. Et comme sa mère, c'est une idéaliste, difficile à canaliser, toujours prête à dénoncer les injustices ou les abus. Ce côté « Robin des bois », elle le tient de toi. Elle te ressemble beaucoup, tu sais. Dans un style différent certes – plus discrète, plus secrète, plus rebelle aussi –, mais elle me fait beaucoup penser à toi.

Ne t'inquiète pas, je l'ai remise dans le droit chemin, juste à temps. Désormais, elle fait preuve de ses compétences dans les nouvelles technologies au service de mon entreprise. Elle fait un travail remarquable dans notre équipe de cybersécurité.

Dors tranquille, je veille sur elle.

Et je t'attends pour les profiteroles,

Adrien

De : Adrien Willers
À : Alexandre Willers
Date : dimanche 9 juin 07:57
Objet : Ta mère est une énigme, alors va savoir…

Mon fils,

J'aimerais avoir une boule de cristal pour répondre à ton tourment mais je suis aussi désemparé que toi. J'étais trop occupé, ces derniers temps, à détester ta mère pour imaginer qu'un tel ouragan s'abattrait sur nous. Je la croyais invincible, indestructible. Depuis l'annonce de sa maladie, il fait noir jour et nuit, dans cet appartement trop grand pour Elisa et moi où son absence nous écrase. Où sa présence nous obsède.

Que te dire ? Sinon que ce cancer est l'un des plus sournois, l'un des plus difficiles à contenir. Je devrais t'encourager à être résilient, à te préparer au pire mais je ne peux m'y résoudre. D'abord, parce que tant qu'il y a de la vie, il y a de l'espoir. Ensuite, parce que ta mère est la plus vaillante guerrière que je connaisse. Elle n'a jamais renoncé à la moindre bataille. Elle a arrêté sa chimiothérapie certes, mais elle ne s'est pas réfugiée n'importe où. Elle est chez les chamans péruviens, et je me suis renseigné, ils comptent parmi les plus grands guérisseurs de la planète. Ce n'est pas un hasard. Rose veut nous convaincre qu'elle a choisi cette communauté pour partir en paix et nous épargner sa descente aux enfers mais je connais suffisamment bien ta mère pour savoir qu'elle tentera tous les trucs de rebouteux avant de livrer son dernier souffle. Et elle ne nous en parlera pas parce qu'elle ne souhaite pas nous donner de fausses espérances.

Et puis, elle participe à un essai thérapeutique américain qui porte sur une technologie novatrice et pleine d'avenir. Pour ma part, j'ai décidé de croire de toutes mes forces aux pouvoirs des sorciers et aux promesses de la science. Tu devrais en faire autant.

Je ne vais rien t'apprendre en ajoutant que ta mère est imprévisible et insondable : l'inverse d'un livre ouvert. Elle sème ses rêves, ses envies, ses lubies. Elle assène ses vérités, dicte ses lois et régulièrement elle change d'avis justifiant ses volte-face par une logique d'elle seule compréhensible.

Ce qui la rend insupportable et si attachante, c'est sa capacité à être constante dans l'inconstance. À être tout et son contraire. À illustrer la capacité des femmes à embrasser leurs contradictions. Bref, lorsqu'elle martèle qu'elle souhaite être seule, je suppose qu'une autre petite voix au fond d'elle murmure : « J'aimerais que vous soyez là. »

Je suis impuissant à la rejoindre dans cette jungle amazonienne. Cela me ronge mais j'ai peur d'être un invité indésirable. Toi en revanche, son fils adoré dont elle est si fière, tu pourrais être ce voyageur inattendu qui court vers elle sans s'annoncer. Elle n'aura jamais le cœur de te chasser.

Je t'embrasse fort,

Papa

De : Rose Dessables
À : Adrien Willers,
Date : lundi 10 juin 08 : 00
Objet : « Sur quel chemin ? », joli titre de chanson !

Adrien,

Comment veux-tu que je dorme sur mes deux oreilles après la lecture de ton mail ? Impossible de fermer l'œil. C'est dommage, mes nuits étaient plus douces ces derniers temps. J'ai enfin apprivoisé l'obscurité et sa menace sourde. J'accueille désormais le sommeil comme un ami qui éloigne la douleur, la terreur et me protège de la réalité impitoyable. Ma colère s'est estompée. C'est cruel d'avoir à abdiquer, à capituler quand tu t'es toujours employée à ne jamais rien abandonner. Cela demande de l'humilité. J'y travaille et voilà que tu lances un pavé dans la mare. Tu as « remis Elisa dans le droit chemin » ? Je m'inquiète. Sur quel chemin de traverse s'est aventurée ma petite fille chérie ? Si tu savais comme elle me manque.

Prends bien soin d'elle… et de toi,

Rose

De : Memorial Joshua Hospital
À : Rose Dessables
Date : lundi 10 juin 09:20
Objet : Please get back in touch as soon as possible

Mrs Dessables,

You didn't show up for your check-up appointment on June 7th, and we haven't heard from you for over a month, which is causing us some concerns. Are you well ?

I would like to draw your attention to the fact that regularity in taking your treatment is essential to its effectiveness. Side effects are, at this stage, poorly identified, but we can help you deal with them.

Follow-up is also a cornerstone of this therapeutic trial. You have made a contractual commitment to honor it. Could you please contact us as soon as possible so that we can allay our concerns and make a new appointment as soon as possible.

Yours sincerely,

Dr Paul Smith

Traduction automatique :

Madame Dessables,

Vous ne vous êtes pas présentée au rendez-vous de contrôle le 7 juin dernier et nous sommes sans nouvelle de vous depuis plus d'un mois, ce qui suscite notre inquiétude. Est-ce que vous allez bien ?

J'attire votre attention sur le fait que la régularité dans la prise du traitement est indispensable à son efficacité. Les effets secondaires sont, à ce stade, mal identifiés mais nous pouvons vous aider à y faire face.

Le suivi est également une pierre angulaire de cet essai thérapeutique. Vous vous êtes engagée contractuellement à l'honorer. Pourriez-vous nous contacter rapidement afin de lever nos inquiétudes et reprendre rendez-vous.

Bien cordialement,

Dr Paul Smith

De : Elisa Willers
À : Rose Dessables
Date : jeudi 13 juin 21:52
Objet : Tu es partout

Maman,

Je suis dans ton appartement.
Paris est gris.
J'ai arrosé les plantes. Elles se fanent sans toi.
Je te cherche.
Je réalise que tu n'as pas seulement vidé tes placards, mais aussi les meubles de la salle de bains, de la cuisine…
Comme si tu avais voulu faire disparaître toute trace de toi. Pourquoi ?
Je n'avais rien vu les dernières fois que je suis passée.
Est-ce qu'on finit par ne plus prêter attention à ce qui nous est familier ? À ce qui semble acquis ?
Je me déteste d'avoir été aveugle quand tu étais encore là.
Je te demande pardon.

Chez Papa, tu es partout.

Je peux suivre ta trace dans les albums photo.

Sentir ta présence dans chaque pièce.

Il y a ton visage dans cette sculpture en albâtre offerte par cet artiste qui était fou de toi.

Ton écriture dans l'édition originale de *L'Insoutenable Légèreté de l'être* de Milan Kundera, restée dans la bibliothèque.

Il y a tes baisers le soir en m'endormant.

Un jour, avant de partir en reportage, tu avais embrassé le mur de ma chambre avec un rouge à lèvres carmin et tu avais dit : « C'est pour que tu te saches que, même loin, je pense à toi. »

Il y a ton odeur sur ce châle noir en alpaga que tu as oublié.

Il y a ta voix qui se promène dans le salon dès que je mets de la musique.

Il y a ton impatience dans la porte gondolée du réfrigérateur qui se souvient encore de ton coup de pied rageur après avoir, une fois de plus, loupé les gaufres parce que tu n'avais pas laissé reposer la pâte assez longtemps.

Il y a ta désinvolture dans les poèmes que tu écrivais.

Ils finissaient toujours punaisés dans les toilettes « parce qu'il ne faut jamais se prendre au sérieux ».

Il y a ton irrévérence dans cette pile de PV que Papa a finalement payés. Toi, tu refusais.

Tu contestais chaque infraction. Même quand tu empruntais les sens interdits.

Il y a ta beauté moulée dans cette robe de dentelle noire, à fines bretelles que tu m'as offerte parce que « tu n'as plus l'âge de te balader sans soutien-gorge ».

Je n'ose pas l'enfiler. Le souvenir de toi, somptueuse dedans, me décourage.

Il y a ton excentricité dans ce chapeau de cow-boy que Papa a souvent menacé de brûler.

Tu le portais avec des santiags chaque fois qu'il te demandait de l'accompagner dans un dîner un peu guindé. Il protestait. Tu persistais.

Tu vas rire, il l'a accroché dans l'entrée.

Il y a ta folie dans le petit tas de sable que j'ai conservé précieusement après ce Noël lunaire.

Cette année-là, l'hiver était glacial, tu rêvais de soleil.

Alors le soir du réveillon, tu as fait livrer des kilos de sable que tu as déversés dans le salon.

Tu avais loué des champignons chauffants, acheté un aquarium avec des poissons exotiques.

Et nous avions dîné en maillot de bain, pieds nus.

Ce soir-là, j'ai su que ma mère n'était pas comme les autres.

Dix jours plus tard, les poissons étaient morts.

Tu as revendu l'aquarium.

Il y a aussi l'écho de nos plus beaux moments dans les coquillages sur la table basse.

Ceux que nous avions ramassés aux Seychelles.

Quand avons-nous cessé de partir, chaque année, une semaine rien que toutes les deux ?

J'ai toujours aimé nos huis clos.

Nos balades à vélo.

Dormir dans ton lit.

Regarder nos dessins sur la plage, emportés par les vagues.

Maman, mes examens sont terminés.

On s'offre une semaine de vacances, juste toi et moi ?

Je te rejoins dans la jungle ? Même si on sera loin de la mer.

Si tu y tiens, on ne parlera pas de ta maladie.

Tu me manques tellement,

Elisa

De : Alexandre Willers
A : Elisa Willers
Date : jeudi 13 juin 18:01
Objet : Balance l'adresse

Tu dors, Lili ?

Impossible de te joindre. Ton téléphone est sur répondeur.

New York – Lima : 8 heures de vol.

Ensuite quelques heures de piste pour m'enfoncer dans la jungle.

Je vais chercher Maman. La ramener à Paris. En espérant qu'elle ait conservé un minimum de sens commun. Elle a arrêté sa chimiothérapie. Elle met sa vie entre les mains d'un sorcier. Quelle connerie ! Alors je vais sortir les violons, la panoplie du fils blessé. Je vais la pousser dans ses retranchements. À ce stade, je mise tout sur le chantage affectif. Elle n'a jamais pu y résister. Et sur l'effet de surprise aussi. Je n'ai pas l'intention de lui demander son autorisation pour la rejoindre donc je compte sur ta discrétion.

Il y a un moment où les rôles s'inversent, où les enfants décident pour leurs parents. Je n'aurais jamais imaginé qu'on y arriverait si vite. Tu es d'accord avec ça, sœurette ?

Tu as craqué son ordinateur donc je me doute que tu as accès à sa géolocalisation. Tu m'envoies ses coordonnées GPS ? Un jour, il faudra que tu m'expliques à quelle école tu fais tes gammes d'agent secret.

Je ne laisserai pas ma mère mourir seule dans un trou.

Bisous,

Alex

De : Adrien Willers
À : Rose Dessables
Date : samedi 15 juin 15:16
Objet : Tu es assise ?

***Confidentialité et sécurité** : ce message sera automatiquement supprimé après lecture en raison de son contenu sensible.*

Rose, tu planes. Tu n'as jamais cessé de planer. Je ne sais pas comment il est possible d'avoir un flair aussi aiguisé que le tien, cet instinct qui t'a permis d'être toujours au bon endroit, au bon moment dans tes enquêtes journalistiques et d'être, en même temps, dans le déni absolu quand il s'agit de tes proches. Est-ce parce que tu ne veux pas voir ? Parce que cela t'arrange de ne pas voir ? Parce que tu as besoin de donner le bon Dieu sans confession aux gens que tu aimes ?

Tu ne t'es pas posé de questions sur le succès, certes mérité, mais fulgurant de « Shot de Gin » ?

Tu ne t'es jamais interrogée sur les activités d'Elisa ? Des années qu'elle passe ses nuits enfermée dans sa chambre devant des ordinateurs qui tournent à plein régime. Ce n'est pas normal pour une fille de son âge.

Alors j'espère que tu n'es pas installée en haut d'un cocotier parce que tu risquerais de tomber avec ce que je vais t'annoncer. Elisa sera furieuse quand elle apprendra que je t'ai parlé, mais tu as le droit de savoir.

Le passe-temps préféré de notre fille chérie est de se servir de son talent en informatique pour s'attaquer aux entreprises polluantes. Elle s'introduit dans leurs bases de données, divulgue des documents confidentiels en les adressant aux médias ou aux organisations environnementales. Elle veut, je la cite : « éveiller les consciences », « forcer les multinationales et les gouvernements à adopter des pratiques plus respectueuses pour la planète » afin « d'aboutir à un changement crucial ». Récemment, elle s'est laissé embarquer malgré elle par un groupe d'activistes radicaux. Elle a été impliquée dans des opérations de sabotage d'usines et d'infrastructures industrielles. Inutile de te préciser que de telles pratiques qui peuvent engendrer de grosses pertes économiques et mettre des vies en danger sont considérées comme des actes criminels.

Quand j'ai découvert l'ampleur de son activisme (ne me demande pas comment), je lui ai proposé de travailler pour moi. Au sein de mon service de cybersécurité, elle peut exprimer son engagement en faveur de la cause environnementale en toute légalité. Elle protège nos innovations en matière d'énergies renouvelables, nos informations sensibles et sécurise tous nos systèmes informatiques.

Elle a beaucoup de mal à respecter le cadre et les protocoles internes, mais je ne désespère pas de dompter le cheval fougueux que dissimule notre grande fille sage.

Sais-tu que notre dernière découverte est éligible au prix Nobel ? On vient de déposer une demande de brevet pour une enzyme capable de dégrader les plastiques. C'est un pas de géant contre la pollution.

J'aurais préféré découvrir un remède contre le cancer.

Comment te sens-tu ?

Donne-moi de tes nouvelles,

Adrien

Le 15 juin

Ce soir, j'ai une boule dans la gorge. Paco m'a transmis son inquiétude. Il m'a invitée à grimper en haut du mirador construit à l'entrée du village. J'ai vu l'horizon s'embraser. Le ciel était rouge sang et une épaisse fumée noire absorbait les nuages. Les flammes dansaient au-dessus de la cime des arbres, témoignant de l'ampleur du sinistre. Même à distance de plusieurs kilomètres, nous pouvions deviner l'odeur âcre et suffocante de l'incendie, le rugissement du brasier, les acajous dévorés par le feu, les animaux pris au piège essayant de fuir dans des hurlements apeurés.

« Un jour viendra », préviennent les chercheurs depuis des années tirant la sonnette d'alarme.

« Ce jour est arrivé », assure Paco. Pour lui, la forêt a perdu sa résilience. Elle n'a plus la capacité à se relever des incendies qui la ravagent, de la déforestation massive et du réchauffement climatique qui en résulte.

J'ai vu ses yeux humides lorsqu'il m'a dit : « Nous atteindrons bientôt le point de bascule. Le point de non-retour… L'Amazonie va se consumer jusqu'au dernier arbre et se transformer en savane. »

Ce qui pourrait ressembler à une prophétie, confortablement installée devant un écran à Paris, est ici une réalité désarmante. À quoi sert le développement économique si il ravage tout sur son passage, si il sacrifie la vie ? Parce que c'est bien de cela qu'il s'agit, l'anéantissement de la plus grande biodiversité du globe – des millions d'insectes différents, des oiseaux, des reptiles, des mammifères appelés à disparaître, la destruction de villages entiers comme celui qui m'accueille, avec des conséquences dramatiques pour les habitants. Sans compter une augmentation incontrôlable des gaz à effet de serre, des sécheresses et des inondations meurtrières, la perturbation des courants océaniques, une élévation des températures menaçant toute la planète.

Paco estime que l'incendie sera aux portes de Rio Alma dans sept jours si le vent ne tombe pas. Debout à ses côtés, au-dessus du vide, j'ai senti s'ouvrir sous nos pieds un précipice sans fond qui nous séparait du reste du monde. J'ai eu la tentation de sauter mais j'étais paralysée par la peur, comme si ce scénario du pire touchait en moi quelque chose de profondément ancré, comme si j'appartenais à cette terre en sursis. En un éclair de seconde, j'ai été étranglée par la menace que représente ce désastre écologique pour les populations locales. Qu'adviendront-elles si leur habitat est réduit en poussière ? Si la forêt qui les nourrit n'est plus qu'un amas de cendres ? Elles seront obligées de migrer vers d'autres régions. Et elles dépériront. Parce que l'Amazonie n'est pas seulement une contrée, c'est un territoire sacré, celui de leurs aïeux. Elles entretiennent une relation étroite avec la nature et les esprits qui la peuplent. Si cette connexion spirituelle leur échappe, tous ces peuples autochtones perdront leur identité. Et leur âme.

Pire encore pour Paco, un savoir ancestral échappera à l'humanité tout entière. Celui des plantes médicinales.

Elles sont des milliers à s'épanouir dans la jungle et la connaissance de leurs propriétés curatives est en grande partie intuitive, hermétique au langage. La tradition chamanique ne se transmet que par le murmure des anciens, de génération en génération. C'est un trésor pour l'espèce humaine, une sagesse inexploitée appelée elle aussi à disparaître dans l'incendie de la planète.

J'entends encore la voix du Maestro s'abîmer lorsqu'il m'a dit :

« Tu portes le nom d'une fleur, Rose. Tu dois l'honorer. Regarde autour de toi ces plantes inexplorées qui n'ont pas livré leur secret. Leurs élixirs ont le pouvoir de soigner des maladies qui n'ont pas de traitements. Comme les racines plongent dans la terre pour se nourrir et pour soutenir l'arbre, les lianes de la forêt purifient l'homme pour harmoniser son corps et son esprit. As-tu interrogé ton reflet dans le miroir ce matin ? Est-ce que tes yeux ont toujours cet éclat morne ou ont-ils retrouvé leur flamme ? La forêt agit en toi... Tu dois maintenant voyager plus loin encore avec la medicina pour accéder au monde des visions et regarder à l'intérieur de toi. Je vais programmer une cérémonie avant l'arrivée du brasier. Pendant deux jours, tu ne manges plus rien. »

Et il est parti, le cœur lourd. Paco, l'homme qu'on voudrait réconforter d'un geste affectueux mais qui garde cette distance pudique infranchissable. Une distance que je connais trop bien pour ne pas la respecter.

J'ai pensé à mon point de non-retour à moi. Je le guette, je le traque comme la mauvaise odeur. Est-ce que je saurai reconnaître ce seuil critique à partir duquel la tumeur devient incontrôlable, semant ses métastases dans chaque recoin du corps, migrant dans tous les tissus, entraînant des réactions en cascade et un dysfonctionnement de tous les organes ?

J'ai suffisamment de médicaments pour me plonger dans un repos éternel avant que l'eau emplisse mon ventre, mes reins, mes poumons. Avant que je me noie. Je refuse l'agonie. C'est ma dernière liberté.

Paco a raison, cela fait longtemps que je n'ai pas interrogé le miroir. Mon beau miroir, que dis-tu ce soir ?

Étonnamment, j'ai bonne mine et le teint hâlé. Ma jaunisse s'estompe. Le blanc de mes yeux a retrouvé sa brillance. Je me trouve presque belle.

De : Rose Dessables
À : Adrien Willers
Date : dimanche 16 juin 08:21
Objet : Assommée

Cher Adrien,

Comment je me sens ? Comme une convalescente tombée de son cocotier ? Assommée par ce qui vient de lui tomber sur la tête.

Ma fille chérie est une pirate informatique ? Une criminelle qui sabote des usines ? Notre Elisa ? La jeune femme douce et affectueuse que nous avons élevée ensemble. Le Casque bleu de la famille, hostile au conflit, toujours prête à faire régner la paix et à rendre service. Une hackeuse ? C'est bien le terme approprié ?

Je t'avoue que je suis sidérée. J'ai voulu relire ton mail pour être certaine de ne pas avoir divagué, mais, comme annoncé en préambule, il s'est effacé et a disparu de ma boîte de réception. Toi aussi, tu es un bandit ?

Et moi, je suis quoi ? Une mère et une épouse aveugle, trop autocentrée pour discerner les gens autour d'elle, surtout ceux qu'elle aime. Un monstre d'égoïsme enfermé dans son monde ?

Je suis en proie à un immense vertige. L'impression de ne plus vous connaître. Vous reconnaître. Projetée dans une série d'anticipation, dans une fiction où on se dit : « Ces trucs-là n'arrivent pas dans la réalité, en tout cas pas dans la mienne. »

Seul repère stable auquel me raccrocher, Elisa travaille à tes côtés. Es-tu certain qu'elle a cessé ses actions illégales ? Tu l'as engueulée, j'espère ! Je suis terrorisée à l'idée qu'elle puisse être démasquée.

Donc sermonne-la mais pas trop quand même…

Des baisers,

Rose

P. S. : Tu as fait allusion à « Shot de Gin ». Pardon, je n'ai pas saisi le rapport avec Elisa. Tu m'expliques ?

De : Jim Simon
À : Rose Dessables
Date : dimanche 16 juin 23:40
Objet : Ce qui me reste de toi

Rose,

Cela fait des jours que je suis seul face à moi-même, à baisser les bras parce que tu ne me laisses pas d'autre choix. Je cherche les mots qu'il faut pour te dire mon chagrin, la terreur à l'idée de ne plus te revoir. Mais mes mots ne suffiraient pas et les tiens ne me parviennent pas. J'ai tant de douleur à réaliser ce qui t'arrive. De la peine aussi pour notre histoire qui n'aura été qu'une comète.

Désormais, « Shot de Gin » a une autre dimension. J'ai envie de répondre aux interviews, de défendre la chanson, de la propulser encore plus haut. Car à travers elle, tu restes en vie.

Je me suis renseigné auprès d'un avocat : tu peux facilement me léguer tes droits d'auteur. Il te suffit de signer un contrat de cession. Ainsi, je serai seul décisionnaire de l'exploitation du titre si un malheur devait t'arriver. Qui mieux que moi saurait mettre en valeur ce tube né de notre passion amoureuse ? De ton propre aveu, je t'ai aidée à faire éclore ta voix, à pousser les murs. Aujourd'hui, c'est tout ce qu'il me reste de toi.

Si tu en es d'accord, je t'adresse le contrat par mail.

Je te serre fort dans mes bras,

Celui qui fut ton homme et qui aurait aimé le rester

De : Rose Dessables
À : Elisa Willers
Date : lundi 17 juin 08:45
Objet : Du côté du cœur

Ma chérie,

Alors ces examens, est-ce que tu as été inspirée ? Tu ne m'as rien raconté.

Ton dernier mail m'a fait un bien fou. Tu m'as offert une merveilleuse séance de cinéma. J'ai revu, en accéléré, sur l'écran géant de ma mémoire, tous ces éclats de rire, de joie, ces moments jouissifs de notre vie. Nous avons été si heureux tous les quatre. C'est un privilège rare. Je suis riche de ça.

J'ai fait un grand ménage dans l'appartement parce que ce n'est pas à vous de le faire. Jeter permet de ne garder que l'essentiel. Je ne voudrais pas que vous conserviez religieusement un vieux tee-shirt, une babiole sans intérêt qui vous rattache à un passé qui n'est plus. Les rares objets que j'ai envie de vous transmettre se trouvent dans les coffres à vos noms. Pour le reste, brûlez tout, regardez devant vous. Pas derrière. Vendez l'appartement. Tu connais ma philosophie : les enfants doivent courir après leurs rêves.

Je n'ai jamais tenté de vous imposer les miens ou de projeter sur vous quoi que ce soit qui fasse partie de mon idéal à moi. J'ai toujours souhaité que vous semiez vos propres graines. Quel poison, ces parents obsessionnels de la transmission, qui prient pour que leur progéniture fasse le même métier qu'eux, qui espèrent que tout leur survivra : la maison de campagne, le vélo du pépé, la tasse ébréchée du petit déjeuner.

Je veux que vous avanciez librement et que vous chérissiez nos meilleurs souvenirs à leur seule et vraie place : le cœur. On n'enferme pas un jardin secret dans un placard.

Et toi, mon Elisa, je t'encourage à être un peu plus égoïste. Toute petite déjà, tu étais préoccupée par le sort des autres, prête à tendre la main à la veuve et l'orphelin. C'est une merveilleuse qualité mais n'oublie pas de penser à toi. La vie passe en un éclair. Désolée pour cette lapalissade ! Un matin, tu te réveilles, c'est la fin et te vient à l'esprit, non pas ce que tu as fait, mais tout ce que tu n'as pas fait.

J'ai adoré moi aussi nos vacances en tête à tête, ces nuits à refaire le monde, côte à côte dans le même lit. Je suis fière du lien que nous avons tissé. Émotionnel et physique. Je ne te l'ai jamais dit, mais tu es la seule personne avec laquelle je raffole des effusions, des câlins. Je pourrais te serrer des heures dans mes bras. Si j'en avais l'occasion, je serais encore capable de te mordiller les doigts de pieds, de t'embrasser les mains, de souffler dans ton cou, de te dévorer les oreilles comme lorsque tu étais bébé. J'ai toujours été pudique dans le contact, peu démonstrative – héritage de mon éducation – mais avec toi, et toi seulement, j'ai connu ce lâcher prise qui libère. Merci pour ce beau cadeau.

La jungle amazonienne, mon cœur, n'est ni le lieu ni le moment pour une nouvelle escapade. D'abord parce que ma petite cahute de bois ne dispose que d'une simple paillasse d'une personne. Je ne peux donc pas t'accueillir. Ensuite parce qu'un incendie menace la région. Il progresse à une vitesse affolante et il y a un risque pour que nous évacuions le village même si personne, pour l'heure, ne se hasarde à évoquer cette éventualité dramatique pour mes hôtes.

Je te tiens au courant de la suite de mon voyage.

Envoie-moi une photo de toi dans ma petite robe de dentelle noire. Comment oses-tu avoir des complexes ? Tu es d'une beauté renversante. Il serait temps que tu le réalises et que tu arrêtes de te planquer derrière tes épaules rentrées ou tes ordinateurs. Redresse-toi, ma fille, tu es magnifique.

Tendres baisers,

Maman

De : Adrien Willers
À : Rose Dessables
Date : lundi 17 juin 14:51
Objet : Si c'était à refaire

Chère Rose,

Comment voudrais-tu qu'Elisa soit docile et disciplinée ? Les chiens ne font pas des chats. Comme toi, elle n'hésite pas à marcher en dehors des clous quand la cause lui semble juste. Te souviens-tu de ces documents que tu as volés à la Direction de l'enfance de la Mairie de Paris ? Tu réalisais un magazine sur les « nés sous X ». Tu suivais une femme à la recherche de sa mère biologique depuis plus de vingt ans. Elle s'appelait Laurence, je crois. Elle était très perturbée de ne pas savoir d'où elle venait, de ne pas pouvoir superposer une image à son reflet dans le miroir. Incapable aussi de s'investir dans une relation avec un homme. À chaque rencontre, l'angoisse la tétanisait à l'idée d'embrasser un frère ou un cousin sans en avoir conscience. Le secret de ses origines l'étouffait au point de l'empêcher de vivre.

Tu avais été consternée par le manque d'humanité de l'employée de mairie qui vous avait reçues. Dans son bureau, elle vous avait montré l'acte de naissance de Laurence en prenant bien soin de masquer, avec un post-it, le nom et l'adresse de sa génitrice. Et elle avait appuyé là où ça fait mal : « Le désir de la mère l'emporte sur celui de l'enfant, c'est la loi. C'est pour cela que je vous cache certaines informations. » Tu avais cru déceler, dans son sourire, un plaisir sadique.

Les larmes de Laurence, incapable de quitter des yeux le document à quelques centimètres d'elle, porteur de cette vérité qu'elle espérait tant, t'ont émue. Alors tu as eu ce geste déraisonnable. Lorsque l'employée a rangé le dossier dans sa grande armoire d'archivage, tu as insisté pour qu'elle aille te chercher un verre d'eau, prétextant la prise d'un médicament contre la migraine. À peine avait-elle passé la porte de son bureau que tu te ruais sur l'armoire pour subtiliser le dossier et le cacher sous ta veste. Avant de prendre congé, remerciant chaleureusement l'employée pour son accueil, tu as réclamé d'aller aux toilettes pour t'y enfermer. Tu as ensuite noté dans ton carnet le nom et l'adresse de la mère de Laurence, et tu as planqué dans le faux plafond tous les documents dérobés en te mettant debout sur la cuvette. Quand tu es rentrée à la maison, tu m'as assuré que tu ne savais pas ce qui t'avait pris. Que tu avais agi par pulsion, sans réfléchir aux conséquences.

Alors pour répondre à ta question : oui bien sûr, j'ai engueulé Elisa comme je t'ai engueulée, toi, ce soir-là. Mais tu connais le résultat. Non seulement je pisse dans un violon, mais de surcroît je passe pour « un apôtre de la bien-pensance », « un orthodoxe de la pensée unique ». Il ne manquait plus que ça pour parfaire ma panoplie du gros connard.

Ne te flagelle pas, ne t'en veux pas de ne pas avoir compris ce qui passionnait notre Elisa. D'abord parce que le principe même du hacking, c'est la clandestinité, donc le silence et la dissimulation. Ensuite parce que nous avons tous la tentation de voir nos proches comme nous les rêvons et non comme ils sont réellement. Ce n'est pas de l'égoïsme ni de l'aveuglement, simplement un manque de clairvoyance.

Pour ma part, je regrette de ne pas t'avoir regardée comme tu le méritais. Cela m'arrangeait de croire que tu t'épanouissais dans notre quotidien douillet. Que ce que nous avions bâti te suffisait. Que je te suffisais. J'ai voulu maintenir à tout prix notre bulle de tranquillité par conformisme, sans prendre au sérieux tes aspirations artistiques. Je ne les ai pas entendues parce que ce virage comportait un risque : celui de te perdre. Avec le recul, je réalise que j'ai construit un mur de résistance entre nous. Et tu es partie. Serais-tu restée si j'avais su t'accompagner sur ce nouveau chemin que tu as si brillamment tracé ? Cette question me hante mais on ne revisite pas le passé.

Rose, uniquement le présent compte. Aujourd'hui est un cadeau. Et cela me rend triste que tu le vives seule à l'autre bout du monde.

Je t'embrasse affectueusement,

Adrien

De : Rose Dessables
À : Jim Simon
Date : lundi 17 juin 08:57
Objet : Testament

Cher Jim,

Désolée de te décevoir une fois encore. Il n'y aura pas de cadeau post-mortem. Je ne vais pas te céder mes droits d'auteur. Ils reviendront à mes ayants droit, c'est-à-dire mes enfants, que je n'ai pas l'intention de déshériter à ton profit. Tu partageras avec eux les recettes du titre qui s'annoncent colossales. Et pour son exploitation, tu composeras avec eux. C'est ton métier. Tu sauras faire.

Avec mon meilleur souvenir,

Une Rose éphémère qui ne se laisse pas si facilement cueillir

De : Rose Dessables
À : Adrien Willers
Date : mardi 18 juin 09 : 00
Objet : Bruit de fond désagréable

Cher Adrien,

J'adore quand tu m'embrasses mais, « affectueusement », ah non ! Ne me dis pas que bientôt tu m'adresseras tes « amitiés sincères ».

Est-ce tout ce qu'il reste lorsqu'on s'est aimés éperdument, détestés cordialement, quittés après tant d'années de vie commune pour ne pas céder à la fatalité d'un quotidien qui use ? Épargne-moi, s'il te plaît, cette tiédeur à laquelle j'ai tant voulu échapper.

Nous n'avons pas eu le temps d'être indifférents l'un à l'autre, n'est-ce pas ? Ou je me trompe ? Je me trompe si souvent ces derniers temps…

Et toi, tu éludes mes questions. Quel est le rapport entre Elisa et « Shot de Gin » ? Cette petite phrase aux contours flous crée une diffraction désagréable dans mon cerveau déjà bien embrumé et j'aimerais m'en débarrasser.

Des baisers,

Rose

Le 18 juin

Cher Journal,

J'ai quitté le brouillard épais et dense qui présidait à mon arrivée mais je tangue à présent à un rythme effroyable de la clarté à l'obscurité. Ce qui m'exalte sur le moment me glace l'instant d'après. Je pense à Adrien, à notre bonheur conjugal et à cette trajectoire brisée. Par ma faute ? Parce que j'ai souhaité vivre trop vite, trop fort. Je nous ai consumés.

Je pense à Jim aux allures de prince qui s'est rapidement transformé en crapaud prêt à danser sur ma tombe par appât du gain. Dois-je lui en vouloir ? De chercher à prendre ce que je n'ai pas su donner ?

Je pense à ma petite fille qui brave tous les interdits pour sauver la planète. J'ai le sentiment de la découvrir alors qu'elle était là toutes ces années, près de moi, juste derrière le mur de sa chambre. Il aurait suffi de faire quelques pas, de frapper plus souvent à sa porte, de tourner la poignée pour la connaître un peu mieux et partager un peu plus.

Je pense à mon fils, à ce référent féminin que je lui lègue. Est-ce que l'image est assez belle pour qu'il aime éperdument les femmes, sans méfiance, sans avoir peur ? Est-ce que je l'ai armé à mordre la vie à pleines dents ?

Je pense à Paco, ce Vieux Sage, qui m'a offert des yeux neufs pour regarder le monde. La diète imposée a été difficile à suivre au début mais elle m'a ouvert à d'autres perceptions. Je suis venue ici pour oublier mon corps tuméfié et je suis allée à sa rencontre sous un jour différent. Dans la privation, le corps cherche de nouvelles voies de satisfaction. Tous les sens sont en éveil. Chaque son, chaque odeur est décuplé. Cette ivresse sans alcool est déconcertante et a chassé la douleur. Je ne prends plus aucun antalgique. C'est une bonne chose dans la perspective de la cérémonie à l'ayahuasca selon Paco qui m'intime l'ordre de ne plus avaler la moindre pilule et de boire davantage de décoctions de plantes. Je continue de m'interroger sur ses croyances et ses pratiques mais je ressens moins d'altérités. Et je n'ai aucune méfiance. J'ai appris à apprécier la compagnie du Maître, à l'espérer même. J'ai besoin de sa présence. J'aime nos silences. Je sais qu'il regarde à l'intérieur de moi. Près de lui, ma détresse se dissipe et la faucheuse s'éloigne.

La mort me fait moins peur même si j'essaie toujours d'en deviner l'apparence. Je me demande d'ailleurs si ce regain de vitalité et de clarté n'annonce pas le bout du chemin. Parfois, les grands malades connaissent, juste avant de mourir, une rémission temporaire que les psychologues appellent « la lumière avant la fin du tunnel ». Est-ce que je suis en train d'expérimenter ce passage fugace qui survient au crépuscule de la vie et en prédit la fin ?

Je ne peux pas aller me coucher sur cette sombre pensée. Je préfère saluer deux bonnes nouvelles. D'abord, le retour d'Oscar, mon petit fugueur, qui chante comme un rossignol. Il a peur des fourmis mais semble ignorer ce danger bien plus grand que représente le feu aux portes du village. Nous sommes devenus tellement intimes qu'à présent il volette à l'intérieur de ma cahute et s'installe sur la chaise en face de moi pour dormir.

Dans une étrange concomitance, mon âme aussi est de retour. Je serais bien incapable, cher Journal, de t'annoncer l'événement si Paco ne m'en avait pas fait part, hier soir, après la cérémonie de départ de quelques-uns de mes compagnons de voyage. Je ne sais pas quel esprit est venu se frotter à son tambour mais je me suis levée, j'ai dansé en oubliant tout, y compris le temps qui s'écoule, et quand j'ai ouvert les yeux, je me suis sentie apaisée comme jamais.

À demain

De : Elisa Willers
À : Alexandre Willers
Date : mardi 18 juin 15:05
Objet : Vite, vite !

Alex,

Désolée pour le délai.

Mais ce n'était pas si simple d'avoir une géolocalisation ultra-précise.

Et je ne voudrais pas que tu te perdes dans la jungle.

Le village qui accueille Maman est très isolé.

Il s'appelle Rio Alma, « l'Âme de la Rivière ».

Joli nom mais, je te préviens, c'est un trou !

Un confetti dans un océan de verdure.

Je t'envoie par WhatsApp les coordonnées GPS exactes de l'endroit où elle dort.

Est-ce que je suis d'accord pour que tu ailles la chercher ?

Évidemment.

Je ne veux pas qu'elle traverse la nuit seule.

Je veux lui dire au revoir.

Et gagner du temps.

Pour accomplir un miracle.

Dépêche-toi, il y a un incendie aux portes de son village.

Et elle va peut-être devoir évacuer les lieux.

Reviens vite.

Avec elle.

Je vous attends et je t'aime mon frère,

Lili

De : Adrien Willers
À : Rose Dessables
Date : mardi 18 juin 14:50
Objet : Le petit coup de pouce

***Confidentialité et sécurité** : ce message sera automatiquement supprimé après lecture en raison de son contenu sensible.*

Ma Rose,

Encore un mail qui disparaîtra de ta messagerie. Il te laissera, je le sais et j'en frémis d'avance, une impression inoubliable.

Je t'ai souvent entendue dire que tant que les choses n'étaient pas verbalisées, elles n'existaient pas. Ces derniers temps, tu sembles avoir envie de mettre les pieds dans le plat. Je t'y ai aidée en lâchant quelques bombes. Je m'en mords un peu les doigts mais la vérité crue a ses vertus, et si elle t'encourage à comprendre à quel point ton absence nous déchire, alors plongeons dans la réalité.

D'abord, laisse-moi te féliciter pour le succès de « Shot de Gin ». Je n'ai pas eu l'occasion de le faire. Sortir du cadre, aller dans les zones où l'on se perd a toujours été ton moteur. Ton audace t'a permis, une fois encore, de briser le plafond de verre. Ta chanson est un tube. Bravo.

Tu dois penser que les planètes étaient alignées pour autoriser une telle envolée. C'est le cas, j'imagine, même si Elisa a aussi filé un petit coup de pouce au destin pour que cet heureux hasard ait lieu. Comment ? Je vais essayer de schématiser un procédé informatique complexe.

Elisa a utilisé un réseau très étendu d'ordinateurs infectés, des « zombies », dont elle a pris le contrôle à distance pour multiplier les écoutes de ta chanson et simuler des ventes massives. Grâce à cette manipulation qui donne l'apparence de ventes réelles, elle a réussi à tromper les algorithmes de recommandation des plateformes de musique et des services de streaming qui ont amplifié la visibilité de « Shot de Gin ». Cette mise en avant a attiré l'attention de plus en plus d'auditeurs et surtout des radios qui choisissent les titres de leurs playlists en fonction des tendances et des succès du moment.

Bref, Elisa a permis un cercle vertueux pour que ta chanson décolle et se hisse en haut des hit-parades.

Inutile de te préciser que la méthode est parfaitement illégale. Ce qui m'a foutu le plus en rogne, c'est qu'elle a piraté, entre autres, les ordinateurs de mon entreprise pour mener son action. Dans un mail groupé à l'ensemble des salariés, elle a prétexté vouloir les alerter contre les menaces sur la cybersécurité. Ils ont cliqué sur un lien infesté en pièce jointe et Elisa a pris la main sur leurs machines ! Tu réalises le machiavélisme de la supercherie ? Et la position indélicate dans laquelle je me trouve parce que, évidemment, mon service de surveillance interne l'a démasquée.

Bref, depuis ma colère s'est dissipée et j'ai décidé de regarder le verre à moitié plein. Dans son tour de passe-passe, il n'y a ni vol d'argent ni détournement de fonds. La stratégie qu'Elisa a choisie pour influencer le classement de ta chanson ne cause aucun dommage financier direct à autrui.

Voilà, tu sais tout. Si je peux me permettre d'être fidèle à ma réputation de donneur de leçons, je vois deux morales à cette histoire :

1. Cela n'enlève rien à ton talent. Si tu chantais comme une chèvre ou que ta chanson n'avait aucun allant, elle ne caracolerait pas en tête des hits même avec l'aide de ta fille.
2. Elisa a pris tous les risques, Rose, pour que tu accèdes à tes rêves. Cette preuve d'amour-là, peu de mamans peuvent s'enorgueillir de l'avoir reçue.

Alors, réfléchis à cette fuite que tu imposes à tes enfants. Je respecte ton choix mais je ne suis pas sûr de le comprendre. Eux non plus. Cet éclairage te permettra peut-être de reconsidérer cet isolement qui te prive de moments précieux avec eux… Ils t'aiment tant, Rose.

Et moi, je t'embrasse tout court,

Adrien

P. S. : Elisa ne t'aurait jamais révélé ce qu'elle a fait. Non par peur d'être sermonnée sur le procédé, mais parce qu'elle n'aurait pas voulu que tu doutes de ton mérite. Laisse-lui son secret. Garde cette révélation pour toi.

De : Elisa Willers
À : Rose Dessables
Date : mardi 18 juin 19:40
Objet : Raison d'y croire

Maman, tu me fais peur.

Un incendie menace le village qui t'accueille ?

Et tu vas peut-être évacuer les lieux ?!

Pour aller où ?

Dans ton état, c'est de la folie.

Tu dois concentrer tes forces sur ta survie. Pas sur celle des autochtones.

Tu m'invites à être un peu plus égoïste.

Je te retourne le conseil.

Je me suis renseignée sur l'essai thérapeutique auquel tu participes.

D'abord, tu as une chance inouïe d'en faire partie.

Ensuite, cette nouvelle piste de recherche suscite l'intérêt des scientifiques du monde entier et aiguise les appétits.

La société qui commercialise ton traitement expérimental vient de faire son entrée en Bourse.

Et sa capitalisation a été multipliée par cent.

Tu te rends compte : cela signifie que l'espoir est immense et les perspectives prometteuses.

Alors s'il te plaît, concentre ton énergie à économiser tes forces.

Je t'embrasse,

Elisa

Le 21 juin

L'aube est déjà là. Je n'ai pas sommeil. J'ai fait avec toi, cher Journal, le pacte de la vérité, mais je réalise la difficulté à décrire la singularité de la nuit qui vient de s'écouler. Son imprégnation sensorielle ne ressemble à rien de ce que j'ai pu connaître auparavant. J'ai traversé l'enfer et le paradis et j'en reviens chamboulée avec quelques réminiscences affleurant avec les premiers rayons du soleil.

Nous étions huit, hier soir, dans la maloca, assis en tailleur sur des coussins brodés, face à Paco. Il flottait dans la pièce une appréhension palpable, mélange de révérence et d'excitation comme si les murs eux-mêmes savaient qu'une aventure transcendante nous attendait.

En regardant les guirlandes de plumes accrochées au plafond tournoyer gracieusement dans l'air, je pensais à ce préambule de Paco alors qu'il préparait la medicina : « Ce n'est pas toi qui prends l'ayahuasca, c'est l'ayahuasca qui te prend. » Durant deux longues journées, je l'ai vu concocter sa potion, portant à ébullition plusieurs fois de suite de l'eau mêlée à des feuilles de chacruna et des lianes d'ayahuasca. Ainsi réduite, la décoction devient un breuvage visqueux et brunâtre, pas très ragoûtant, dont chaque participant est invité à absorber une petite quantité versée dans un calice. Le mien était en bois sculpté d'animaux totem.

Avant la cérémonie, Paco avait insisté : « Il est important de poser une intention en avalant le liquide. » J'ai pris une profonde inspiration et je me souviens de ce goût terreux, à la fois doux et amer, comme de la mélasse alors que je me concentrais sur ma maladie, sur mon envie farouche de l'affronter, de m'en débarrasser, de vivre pour continuer à voir grandir mes enfants, à baigner dans leur amour. De longues minutes se sont écoulées dans un silence inquiétant puis Paco s'est mis à chanter. J'ai d'abord ressenti quelques nausées avant d'être saisie par des visions intenses et désagréables. Tout se passe dans une obscurité complète. Le halo des bougies n'existe plus, les rais filtrants l'aurore à travers les persiennes non plus, et la suite des événements se déroule sur un grand écran noir. Ce cinéma intérieur me projette dans une ville aux tours démesurées, au macadam brûlant, sans la moindre végétation pour adoucir l'atmosphère saturée de pollution. Je suis entourée de gens que je ne connais pas et qui ne m'évoquent rien. Je déambule entre les immeubles qui forment un labyrinthe. J'erre, les bras ballants, l'échine courbée, avec une seule envie : trouver une sortie, une ligne d'horizon. À mesure que j'accélère le pas en quête d'une issue, les artères se vident de leurs habitants. J'essaie de me concentrer sur mon corps, de penser à cette nature si belle autour de moi que j'ai explorée ces derniers temps. Je change soudain de décor et je deviens le cochon d'Inde sacrifié de Paco, ressuscité, qui tourne dans sa roue, prenant de plus en plus de vitesse, incapable de s'extraire du tourbillon infernal qu'il génère.

Toujours sur le grand écran noir de mes visons, sans transition, je repars dans le labyrinthe de la cité déshumanisée. Il se resserre sur moi, je me cogne à ses parois. Prisonnière. Dans un éclair de lucidité, j'ai conscience d'être frappée d'hallucinations mais impossible de battre en retraite comme si d'instinct, je savais que pour retrouver le chemin de la lumière, il fallait d'abord regarder les ténèbres. Je découvre ainsi ma noirceur. Je nage, seule en moi-même, spectatrice de mes peurs qui envahissent mes organes, asphyxient mes viscères. Je me noie dans mes propres fluides. Plus je me débats, plus j'en veux à la terre entière, plus je suis aspirée par ce jour sans fin, par cette terreur féroce. Mon malaise se mue en désarroi et alors que je vomis, en proie à des spasmes incontrôlables, me viennent à l'esprit des preuves toujours plus accablantes de ma nature obsessionnelle, de mon tempérament tourmenté qui prend toute la place et me ronge de l'intérieur. Affolée, la gorge en feu, je hurle à l'aide mais aucun son ne sort de ma bouche. Sensation d'épouvante, je suis seule sur terre. Où sont les autres ? Tous les autres ?

Quand j'ouvre les yeux, Paco est en face de moi. Il a entendu mon cri muet. Il souffle de longues volutes de fumée dans ma direction. J'aimerais qu'il me ramène sur le plancher des vaches mais je n'ai pas d'autre choix que de me laisser entraîner au-delà de toutes les limites intelligibles, et soudain, le film change. Les parois du labyrinthe fondent comme neige au soleil et la forêt éclatante de vitalité apparaît. Mon regard en capture tous les détails. Je distingue la nervure délicate des feuilles, le dessin des pétales de fleurs, les ailes fragiles des insectes. Je baigne dans une symphonie visuelle où la palette de couleurs s'enrichit de mille nuances allant du plus foncé au plus clair. Je suis fascinée par les formes mutantes de la végétation, par la caresse des herbes folles. Projetée dans le monde secret des plantes par le prisme d'un kaléidoscope géant. Je me glisse dans les racines des sous-bois et je m'élève en buvant la sève des arbres jusqu'à percer la canopée pour aller toucher le ciel. J'ai cette perception bizarre que tout ce que je regarde autour de moi m'observe en retour : les plantes, les animaux, les oiseaux, les ruisseaux. Les végétaux semblent aussi vivants que n'importe quel humain. Ils vibrent, irradient d'intelligence.

Au cœur de l'expérience, je me souviens avoir envisagé un grand ordonnateur, une force bien plus puissante que nous, au génie plus vaste que le nôtre. Elle transfusait mon sang, le vidait du fracas de la ville pour le remplir de l'énergie de la forêt.

J'entends à nouveau les chants de Paco et toute cette beauté m'apparaît fragile. Mon odorat s'éveille. Une épaisse fumée âcre parvient à mes narines. L'effluve du bois brûlé, de la suie se mêle aux arômes de la terre humide, aux parfums enivrants des fleurs sauvages qui embaument mon séjour à Rio Alma. Le feu approche. Bientôt, il nous encerclera. Je suis secouée de larmes. Le monde est aussi déréglé que moi.

Deux yeux fluorescents, brillants comme des pierres précieuses, m'observent à travers le ramage d'un arbre à caoutchouc. En avançant, je discerne avec effroi un serpent colossal dont les motifs moirés se fondent parfaitement dans le feuillage. Le boa devient menaçant. Il se balance à quelques centimètres de mon visage, me barrant la route. Sa langue fourchue sonde l'air à la recherche d'une proie. Ses mouvements fluides témoignent d'une agilité redoutable. Un geste déplacé et il me dévorerait mais je n'ai pas peur. Je le défie, en me dirigeant droit sur lui, sans jamais quitter du regard sa tête triangulaire dotée de deux crochets venimeux. L'intimidation opère. Avant que je puisse l'atteindre, il s'enroule autour de la branche qui lui sert d'appui, ses écailles luisantes glissant silencieusement sur l'écorce rugueuse. Sans effort et sans bruit, il disparaît.

Mes derniers pas me mènent dans une clairière baignée de lumière. Il est là, majestueux, mon beau Jaguar. Mon double imaginaire. Il m'attend depuis le premier jour, depuis qu'il a fui les flammes, sa course semblant suivre celle du pick-up qui me conduisait au village. Il fait partie de moi. C'est le plus bel animal qui soit. Qu'importe si sa morsure est la plus puissante de tous les grands félins, s'il tue ses victimes sur le coup en les saisissant au crâne et non pas au cou. Il est le gardien de la forêt qui tient toutes les autres espèces en respect. Le gardien aussi de ma nuit agitée.

Nous sommes restés immobiles, un long moment, à nous contempler dans un jeu de miroirs déformant. Unis dans l'adversité. Soudain, sa robe aux accents cuivrés est devenue turquoise, composée de milliers de papillons semblables à celui que j'ai vu éclore près de mon arbre linceul. Je les ai observés s'envoler gracieusement dans un ballet hypnotique. Ils se sont mis à tournoyer autour de moi, jusqu'à m'éblouir de leurs reflets irisés. Drapée dans la robe du jaguar, j'étais subjuguée, comme parachutée dans un dessin animé d'Hayao Miyazaki.

Puis, en un éclair, ces milliers de Blue Morpho se sont concentrés sur mon ventre, suspendant un instant leurs battements d'ailes, avant de reprendre leur vol majestueux vers le ciel. J'ai fermé les yeux. Quand je les ai rouverts, mon Jaguar n'était plus là. En le cherchant du regard, il m'a semblé apercevoir, au loin, un petit groupe de femmes, armées d'arcs et de flèches, disparaître elles aussi dans la jungle. Je me suis souvenue d'une fable contée un soir par Paco, le récit de combattantes qui vivaient en osmose avec la nature. Au XVI*e* *siècle, les conquistadors espagnols, les premiers à découvrir la région, s'y frottèrent et les surnommèrent les Amazones, comme les guerrières de la mythologie. Ainsi était baptisé le fleuve sur les rives duquel elles s'épanouissaient.*

Dans une ultime apparition de cette nuit fantasmagorique, je me revois seule au milieu de cette clairière, au cœur de cette forêt amie, dernier témoin d'un monde appelé à disparaître.

Je suis heureuse d'avoir fait ce voyage psychédélique dans lequel l'imagination est sans limites, les possibilités infinies. Au cours duquel j'ai occulté ma condamnation à mort. Nue et vierge de tout ressentiment.

Il me faudra du temps pour interroger la réalité de cette expérience mystique, pour donner un sens à mes visions. Aurai-je ce temps nécessaire ? Je l'espère... Parce que cette nuit ouvre la voie à un changement profond.

J'en émerge apaisée d'avoir entrevu tout ce qui me limitait, tout ce qui m'empêchait. J'ai conscience d'avoir été en proie à de puissantes hallucinations, à des perceptions créées de toutes pièces, mais ce matin l'idée que la forêt fourmille de mille esprits ne me semble plus du tout absurde. Et j'ai l'intuition d'avoir toujours appartenu à cette forêt dans une capillarité indescriptible.

De : Rose Dessables
À : Elisa Willers
Date : vendredi 21 juin 08:49
Objet : Sauver le Paradis vert

Mon Elisa,

J'ai participé à une cérémonie à l'ayahusca hier. J'en reviens apaisée, de corps et d'esprit. T'ai-je dit que je souffrais beaucoup moins ? Je ne prends plus aucun antalgique et je retrouve des sensations que j'avais occultées : des courbatures après une longue journée à préparer l'évacuation du village, des crampes à l'estomac… J'ai faim ! Je chéris ces petites douleurs qui me font me sentir en vie. Encore un peu.

Au réveil, j'ai pensé à toi et à cette galaxie de nouvelles technologies que tu ne cesses d'explorer.

Je t'ai souvent fait part de mon inquiétude face au développement de l'intelligence artificielle qui s'empare de nos existences, de nos données, qui précède nos désirs, les façonne, qui ignore tout du sacré, de l'intuition, de notre monde intérieur, de notre connexion avec la nature. Si demain l'homme accède à la connaissance illimitée, quelle place restera-t-il pour l'ennui, l'hédonisme, l'apprentissage, la créativité, les émotions ? Pour le bonheur tout simplement ?

Or ce matin, après avoir fait ce voyage aux confins du réel que l'IA ne pourra jamais reproduire, je me suis dit que mes craintes étaient irrationnelles et sans doute bien trop conservatrices – pardon, ma chérie, d'être parfois un dinosaure réfractaire à l'évolution –, qu'il y avait plus de raisons de se réjouir du progrès que de paniquer. Ce serait une posture ridicule de diaboliser une IA s'échappant des serveurs informatiques pour prendre le contrôle sur l'homme. Ce serait lui prêter une intention malveillante, autrement dit une conscience qu'elle ne possède pas. Bref, j'ai bien saisi que le principal défi était d'apprendre à utiliser correctement ces outils ultra-puissants. En la matière, il me semble que tu es devenue une experte au point de pouvoir orchestrer quelques miracles inattendus !

Alors je me demandais : aurais-tu une idée de génie pour préserver le savoir des chamans, pour que leur culture millénaire ne s'éteigne pas ? Comment « capturer » des connaissances qui échappent souvent au pouvoir des mots et ne se transmettent que par le bouche-à-oreille ?

Je suis touchée, ma chérie, par cette culture animiste, par sa générosité, par tout ce qu'elle m'a donné. Je redoute son extinction. Je voudrais que tu m'aides à la maintenir à l'abri de l'oubli, dans le respect bien sûr de ses valeurs et de ses coutumes. Pas dans un esprit prosélyte, mais pour préserver ce patrimoine vibrant d'humanité. Est-ce que l'intelligence artificielle peut devenir une vigie technologique veillant sur les temps immémoriaux, capable d'enregistrer des récits sacrés, des incantations ? La forêt amazonienne est un trésor, Elisa. Mais elle brûle. Et tout le monde s'en fout à part quelques idéalistes dont je suis heureuse que tu fasses partie.

J'ai aimé éperdument l'enfant et l'adolescente que tu étais. J'aime plus encore la jeune femme que tu es devenue. Tu le sais, n'est-ce pas ?

Je t'envoie des baisers en tremblant devant cet incendie géant désormais aux portes du village.

Maman

De : Alexandre Willers
À : Adrien Willers ; Elisa Willers
Date : mardi 25 juin 00:50
Objet : L'enfer

Enfin arrivé. Tu avais raison, Lili, c'est ce trou et l'atmosphère y est irrespirable. Des particules de fumée polluent l'air saturé d'humidité et nous recouvrent d'une suie collante. J'ai eu du mal à reconnaître Maman derrière son masque noir.

Elle se porte à merveille. Au point de m'interroger sur son dossier médical. Est-ce qu'il n'y a pas eu une grossière méprise à l'hôpital, comme avec ces nourrissons intervertis par erreur à la naissance ? Je sais que c'est improbable, mais sans être médecin, je peux vous assurer que Maman n'est pas en phase terminale d'un cancer du pancréas. Elle court comme un cabri, déploie une énergie démesurée à débroussailler les abords du village. Aux côtés des habitants, elle arrache les herbes sèches avec une force que je n'ai pas, ramasse les feuilles et les branches mortes au sol. Elle imagine ainsi créer une zone pare-feu pour que l'incendie contourne Rio Alma. Les bras m'en tombent. Si vous étiez là, vous comprendriez que ces efforts désespérés sont vains. J'aperçois les flammes au-dessus de la cime des arbres à moins de cinq cents mètres.

Quand Maman m'a vu, elle est restée un long temps immobile, se tenant à distance. Des larmes ont coulé sur son visage, traçant au hasard des motifs tribaux. Dans un short trop grand, un simple débardeur, les cheveux en bataille, dorés comme les blés, le teint hâlé, elle n'a jamais été aussi belle. Elle est magnifique.

Après ce face-à-face, dans cette chaleur suffocante, elle m'a serré dans ses bras sans prononcer un mot, puis elle m'a entraîné dans une cahute où s'affairait une poignée de femmes. Elle m'a tendu une grande jarre contenant des plantes et de l'eau et m'a prié de les malaxer jusqu'à l'obtention d'une pâte gluante. Et elle a tourné les talons, me laissant seul avec ces inconnues.

J'ai passé toute ma putain de journée à fabriquer une résine soi-disant ignifuge dont nous allons enduire les murs extérieurs des habitations, à la nuit tombée. Je ne sens plus l'articulation de mes doigts. La nuit va être interminable.

La bonne nouvelle, c'est que Maman accepte de partir avec moi dès demain matin. Rio Alma va être évacué vers un campement provisoire, à une vingtaine de kilomètres. À mon grand regret, ce n'est pas moi qui suis parvenu à la dissuader de suivre les villageois mais son gourou. Le fameux Paco. J'ai été très déçu en le voyant. J'imaginais un Indiana Jones de la forêt amazonienne. C'est un petit mec malingre, au dos voûté, édenté, et qui doit seulement sourire quand on le pince. La situation ne prête certes pas à se réjouir mais cet homme a un visage fermé et impénétrable. Il me file la chair de poule. Maman, elle, lui voue une admiration sans bornes. Elle ne tarit pas d'éloges à son égard, ce qui est assez déconcertant. Il a réussi à la convaincre de me suivre en lui assurant que sa vie était sur « cet autre continent insensible au drame qui se joue ici ». Il veut que Maman « alerte le monde », rien que ça ! Faire d'elle son apôtre.

Ce sorcier ne m'inspire pas du tout confiance. Mais je vais m'abstenir de tout commentaire ! J'en arrive à me demander s'il ne l'a pas droguée. Quelque chose a changé en elle. Son regard est plus intense, plus perçant qu'autrefois. Quand il se pose sur moi, j'ai l'impression d'être mis à nu. Et lorsqu'il s'échappe, il brille sans se fixer sur un point précis. On dirait une illuminée. La fatigue de ces derniers jours et l'incendie qui approche expliquent peut-être cette hypervigilance, ces yeux grands ouverts comme si elle avait vu la Vierge. Mais elle se dit aussi subjuguée par tant de beauté autour d'elle. Alors que, croyez-moi sur parole, tout est hostile, poisseux, terreux, venimeux et dangereux. Donc je m'interroge : est-ce que Maman n'est pas dopée à la cocaïne au point d'avoir une vitalité décuplée et un jugement biaisé par une euphorie chimique ? Il y a beaucoup de champs de coca dans la région. C'est l'une des raisons de la déforestation.

Pardon de partager ces tourments avec vous mais elle me fait un peu flipper. J'ai hâte que nous soyons loin d'ici pour la retrouver.

On fait escale à New York comme prévu. Je suis heureux qu'elle découvre mon appartement. On va y passer une ou deux nuits avant de rejoindre Paris.

Je vous appelle à mon arrivée.

Bisous à tous les deux,

Alex

De : Elisa Willers
À : Rose Dessables
Date : mardi 25 juin 07:15
Objet : Je t'attends

Maman,

Tu ne prends plus d'antalgiques. Je m'en réjouis.

Ne me dis pas que tu as aussi arrêté ton traitement expérimental ?

Pour essayer la drogue des chamans ?

J'ai compris que tu étais sous le charme de cette culture ancestrale dont tu apprécies la poésie.

Mais tu n'aurais pas fait cette folie, hein ?

Je ne te reconnais plus, Maman.

Dis-moi que Jim a tort.

Tu n'as pas été enrôlée dans une dangereuse secte ?

Tu n'as pas perdu ce sens critique qui te caractérise et t'oblige à t'interroger sur tout en permanence ?

Maman, tu peux être un peu rassurante ?

Je suis heureuse de savoir que tu rentres à New York avec Alex.

Reviens vite,

Elisa

De : Adrien Willers
À : Alexandre Willers
Date : mardi 25 juin 07:25
Objet : Merci

Mon Alex,

Ton mail augure du meilleur et du… meilleur ! Je l'ai relu cinq fois et il m'a donné envie d'oublier le pire, un instant. Je suis rassuré de te savoir près de ta mère et songeur en l'imaginant dans une panoplie d'Indiens courant dans la jungle, creusant des tranchées, défiant un incendie géant. Cette vision m'a secoué d'un rire nerveux. Ta mère est un mystère. Elle ne cessera donc jamais de l'être.

Si elle est droguée, tu t'en apercevras vite. Je suis prêt à parier que ce n'est pas le cas. Rose n'a pas besoin d'être shootée pour avoir l'air d'une illuminée ! Elle est fantasque et même parfois foutraque. Tu le réalises seulement ?

Cette vitalité que tu décris est en effet étonnante et défie les pronostics sur son cancer dont l'évolution est rarement favorable.

Tu as bien fait de garder pour toi tes réticences sur cette communauté qui l'a accueillie. D'abord parce qu'il faut se féliciter de tout ce qui lui apporte du réconfort. Ensuite parce que Rose, à moins d'avoir changé du tout au tout, n'apprécie pas beaucoup qu'on remette en cause ses idéaux. Et le plus important, à ce stade, c'est qu'elle accepte de passer un scanner de contrôle. J'ai contacté l'équipe qui dirige son essai thérapeutique. Elle est sans nouvelles depuis un mois et demi et s'en inquiète. Vous êtes attendus après-demain à 17 heures au Memorial Joshua Hospital.

Donc surtout, ne change pas de ligne de conduite : tu ne contraries ta mère pour rien au monde. Et tu ne lui laisses pas le choix. À votre arrivée à New York, vous foncez à l'hôpital. Si elle proteste, tu mets tout sur mon dos.

Hâte de te lire à nouveau mon fils,

Papa

Le 25 juin

La nuit est tombée. J'aperçois encore les habitants s'affairer, ombres spectrales dont les silhouettes s'étirent sous le halo de la lune. Résignés, ils quittent tout, emportant avec eux le strict nécessaire, après avoir jeté leurs ultimes forces dans un combat désespéré pour protéger leurs cahutes des flammes. Toute la journée, ils ont dégagé les abords de Rio Alma, enduit les murs d'une cire végétale ignifuge, me donnant une leçon de survie et de résilience que je n'aurais jamais pu apprendre ailleurs.

Ces dernières heures ont une saveur douce-amère. En émerge un patchwork d'impressions dissonantes dans lequel mon cerveau fatigué a bien du mal à puiser.

D'abord l'irruption d'Alexandre dans ce décor incandescent. Vision magnifique sur fond d'apocalypse que j'ai, sur le coup, attribuée à un effet rebond de la prise d'ayahuasca. Mais l'image s'est imposée. Persistance rétinienne de mon fils, là devant moi, faisant battre mon cœur à tout rompre. Impossible de le maudire, je lui avais pourtant interdit de me rejoindre. Je n'ai pas su ni voulu contenir la joie immense de le serrer dans mes bras.

Mon fils est venu me chercher. Il est venu à ma rencontre. Dans cette jungle dont il ne perçoit pas le charme. S'il ne dit rien, je le connais trop pour ne pas déceler l'incompréhension dans son regard. Et je saisis son trouble. Il m'a fallu, à moi aussi, beaucoup de temps pour succomber à l'envoûtement de cette Amazonie dont je ne ressentais, à mon arrivée, que l'hostilité. Je regrette de ne pas pouvoir guider Alexandre vers cette beauté qui s'apprivoise. J'aurais voulu lui présenter Oscar mais il a devancé notre fuite. Et lui montrer mon arbre. À quoi bon ? Il va brûler, à n'en pas douter. J'imagine mes rubans délicats flottant dans l'air, s'abîmer dans le brasier, effaçant les dernières traces de mon passage. Tout meurt.

Nous allons donc partir tous les deux. Alexandre et moi. Mon fils et moi. Abandonnant à leur sort mes hôtes en partance vers une destination inconnue, sans laisser d'adresse. Que vont-ils devenir ? Des réfugiés climatiques, chassés à chaque incendie de plus en plus loin de leur terre nourricière.

Ensemble, nous avons partagé mon premier vrai dîner depuis des lustres. Mon assiette était un feu d'artifice. Nous avons mangé du pirarucu grillé, un poisson à la chair blanche et ferme. Il était accompagné de manioc et de patates douces. J'avais un souvenir de manioc cuit, fade et insipide. Cuisiné par les femmes de Rio Alma avec du gingembre, du piment, de la coriandre et d'autres épices de la région, il avait une saveur divine.

Pour le dessert, je me suis régalée d'une salade à base de maracuja, de camu-camu et de pitahaya aussi appelé le « fruit du dragon » à cause de son enveloppe à l'aspect écailleux. Sa pulpe rose, parsemée de petites graines noires, est une explosion pour les papilles. Son goût acidulé a des arômes de kiwi et de melon.

J'ai ressenti un plaisir coupable devant les mines abattues de mes camarades de table comme si chaque bouchée alimentait un peu plus la crainte de ce qu'ils allaient perdre.

Mes paupières sont lourdes. Mais le sommeil ne vient pas. Alexandre, lui, s'est effondré sur ma paillasse dès la nuit tombée. Je ne sais pas ce qui me bouleverse le plus : sa présence, la dignité de tout le village à l'heure du grand départ, l'optimisme sans faille de Paco qui croit déceler en moi une lanceuse d'alerte pour éveiller les consciences sur le vieux continent. « Une nouvelle Amazone », dit-il. « La dernière », peut-être. C'est une mission bien trop intimidante. Je lui ai rappelé ma maladie, mes jours incertains. Pour la première fois, son visage de marbre s'est illuminé d'un sourire et il a sorti de sa poche un petit bout de papier plié en quatre sommairement. Il m'a dit que les esprits lui avaient soufflé ce chant alors que je voyageais avec la medicina et qu'il avait fait l'effort de s'en souvenir – événement rare, une fois chantés, les « icaros » rejoignent l'éternité – et de le noter pour que je n'oublie pas la forêt.

Comment oublier ? Cher Journal, je te laisse découvrir avant moi ces quelques mots. Je les lirai dans l'avion. Ce soir, c'est trop dur.

De : Alexandre Willers
À : Adrien Willers ; Elisa Willers
Date : vendredi 28 juin 04:04
Objet : Encore sous le choc

Allô la team,

4 heures du matin à New York… On rentre seulement du Brass Monkey. Maman a dansé toute la nuit. Moi, j'ai enchaîné les shots de gin en la regardant se déhancher. J'avais besoin de décharger l'adrénaline de ces soixante-douze dernières heures. Le tour de Central Park en courant comme si j'avais le diable aux trousses, comme si on allait nous reprendre ce qu'on nous avait donné dans la journée, n'a pas suffi.

J'ai bien cru que Maman ne s'arrêterait jamais de sangloter après vous avoir parlé au téléphone. Elle est choquée. Il lui faudra du temps pour digérer ce qu'elle a vécu ces mois-ci. Les médecins m'ont alerté sur ce point et suggèrent un suivi psychologique. Ils ont joué avec nos nefs cet après-midi. Après le scanner de contrôle, leur petit conciliabule a duré une éternité et le chassé-croisé des blouses blanches dans le bureau d'analyse des clichés pouvait nous laisser augurer du pire.

Vous vous rendez compte : on a attendu durant trois heures la restitution des résultats. Moi, je ne respirais plus, multipliant les allers-retours dans le couloir. J'avais envie de donner des coups de pied dans les murs et les distributeurs de boissons. Maman, elle, riait. Nerveusement, je suppose, l'air détendu. Elle n'ouvrait la bouche que pour dire des conneries du genre : « Assieds-toi, Alex, ce n'est pas si grave, il faut bien mourir de quelque chose. »

Quand les médecins lui ont annoncé qu'il n'y avait plus rien, plus la moindre trace de la tumeur, même pas l'ombre de sa nécrose, plus de métastases non plus, elle est restée immobile et muette. Elle regardait les images de son pancréas, avec et sans tache, comme s'il s'agissait d'une autre vie que la sienne. Elle semblait indifférente à toutes les explications sur cette évolution miraculeuse. Je crois que, sur le moment, les mots se sont imprégnés dans son esprit sans qu'elle les comprenne. Elle n'a posé aucune question à l'équipe. Moi, en revanche, j'ai demandé un décryptage. Vous connaissez les médecins, ni trop alarmistes ni trop enthousiastes. Ils se réjouissent de l'état de santé de Maman mais sont prudents. Elle devra suivre un traitement à vie comme dans le cadre d'une maladie chronique et faire un petit séjour à New York tous les six mois pendant cinq ans pour le suivi. Quand l'entretien s'est terminé, elle a enfin réussi à articuler cette phrase qui m'a fait de la peine : « Alors, je vais rester ? » Elle a vraiment imaginé que c'était fini. Qu'elle allait partir.

Papa, si tu as de l'argent à investir, achète des actions du labo qui fournit son médoc. Le protocole thérapeutique est prometteur. Maman est leur troisième patiente à avoir démâté le crabe. Si les cinq autres malades qui participent à la phase 1 sont eux aussi guéris, l'essai clinique entrera dans sa phase 2 et l'action va flamber. Pardon si cette considération est bassement matérielle mais je suis, moi aussi, un peu abasourdi et j'ai envie de décerner tout de suite un prix Nobel de médecine aux chercheurs qui s'occupent d'elle en pariant sur leur découverte. En attendant, je vais traîner Maman dans les boutiques de SoHo pour refaire sa garde-robe.

Lili, toi, tu viens nous récupérer à l'aéroport dans quarante-huit heures ? Je sens que des larmes vont encore couler. Si vous pouviez patienter d'être dans la voiture pour craquer, ça nous éviterait de nous donner en spectacle au terminal des arrivées.

Hâte de vous revoir. Je crois que j'ai vieilli de dix ans en quelques semaines. Si ça se lit sur ma tronche, soyez sympas, gardez un silence pudique.

Des bisous,

Alex

P. S. : Les miracles existent.

Le 30 juin

Au-dessus des nuages, quelque part dans le ciel entre New York et Paris,

Trois mois que je m'entraîne à mourir.

Trois mois que je creuse ma tombe.

Que je parle aux Dieux, aux Saints, aux Esprits…

Que je m'exerce à bouffer les pissenlits par la racine.

Trois mois que la sentence est tombée.

Que je hurle seule dans la nuit. De rage, de désespoir, à l'injustice.

Trois mois que j'essaie de rester droite et digne.

De ne pas m'apitoyer sur mon sort.

Trois mois que je mets de l'ordre dans mes affaires.

Que je rassemble les pièces détachées.

Ne pas laisser de bordel.

Loin de tous ceux que j'aime. Pour ne pas avoir plus mal encore.

« Je veux mourir malheureux pour ne rien regretter », chantait Daniel Balavoine.

Et Jean-Louis Murat d'ajouter : « s'évader, troubler la ronde, choyer l'âme vagabonde ».

Trois mois que je cherche la paix sur le chemin de la mort.

Sans la trouver.

Trop révoltée. Trop jeune pour gagner l'autre bord.

Trois mois que j'évite les miroirs.

Que j'essaie de disparaître. De me dissoudre dans le néant. Plus de son, plus d'image.

Trois mois que je m'entraîne à mourir.

Et on m'annonce que je vais vivre !

Comme ça. Comme si c'était normal. Un cliché sur un grand écran lumineux.

Envolée la tumeur. Anéanti le crabe. Décimée sa semence.

Corps sain. Plus de tache. Plus rien qui ronge mes entrailles.

Plus personne à combattre.

Plus d'ennemi invisible et vicieux.

Victoire, vraiment ?

À quoi ressemble la victoire ? Quelqu'un peut me faire un dessin ?

Est-ce qu'il y a un mode d'emploi pour les gens dans mon cas ?

Morte. Ressuscitée.

Malade. Guérie.

Enterrée. Exhumée.

Il va falloir que je donne un sacré coup de pied au fond du trou pour remonter.

À la surface des vivants.

Condamnée. Graciée.

Par qui ? Par quoi ?

Je sais que je ne sais rien.

Ni pourquoi je reste.

Ni comment je reviens.

En sursis donc.

Est-ce que je suis heureuse ? Bien sûr.

Je vais vieillir.

Autrefois, la vieillesse m'apparaissait comme un naufrage. C'est un privilège dont je veux jouir à chaque instant.

Et serrer Elisa contre moi.

Je pense à Paco.

Que fait-il ? Où est-il ?

Est-ce que Rio Alma va être transformé en champ de coca, de palmiers à huile ou de soja ? En plaine pour le bétail ?

Que va devenir la forêt des âmes ?

C'est lui, El Maestro, que j'ai choisi pour m'accompagner dans la mort.

Il m'a conduite vers la renaissance. Vers la vie.

Comment lui dire merci ?

Le chant qu'il m'a donné sur ce petit bout de papier est d'une poésie renversante.

Je l'ai traduit sommairement. Pas facile.

Je te le confie à toi, cher Journal, cher compagnon d'infortune. Tu as été mon refuge.

Je noircis aujourd'hui ma dernière page.

Besoin de fermer la parenthèse.

Tu ne moisiras pas dans le trou près de l'arbre mais je te garderai précieusement près de moi, dans ma table de chevet.

Ultime témoin de cette traversée des mondes.

L'Icaro de Paco

J'ouvre ton cœur,
J'entre dans tes pensées
Je t'emplis de bonheur
Pour te soigner
Pour chasser l'esprit mauvais

Je guéris ton corps
Je parle à ton âme
L'univers s'harmonise
Tes ancêtres te veillent
Leur sagesse te guide et te libère

Je suis la lumière qui brille en toi
Je suis la fleur qui s'épanouit sur la Croix
Ton paradis attendra
Ton paradis attendra

Au cœur de la nature, tu es en harmonie
Avec tout ce qui vit
Avec tout ce qui est
Les plantes sacrées te murmurent
Ces choses que tu crois ignorer

Dans la danse du tambour
Ton âme est de retour
Dans la danse de l'amour
Les blessures du passé
sont enfin libérées

Je suis la lumière qui brille en toi
Je suis la fleur qui s'épanouit sur la Croix
Ton paradis attendra
Ton paradis attendra

Souviens-toi de mes mots
Ma voix se glisse dans ton oreille.
Sa chaleur te suivra
Bien au-delà du froid
Ton paradis attendra

N'oublie pas le parfum puissant de l'arbre
N'oublie pas la forêt sacrée qui te protège
N'oublie pas ce fleuve Amazone qui coule désormais dans tes veines
Ton paradis attendra
Ton paradis attendra

De : Rose Dessables
À : Adrien Willers
Date : dimanche 30 juin 03:33
Objet : Mourir et renaître

Adrien,

Dans l'avion, de retour à la civilisation.

Alexandre dort paisiblement. Il s'est affaissé et a posé sa tête contre mon épaule. J'ose à peine pianoter sur le clavier pour t'écrire de peur de le réveiller. J'entends son souffle. Un souffle limpide, profond et sans sifflement. L'un des sons que je préfère.

Je repense à l'épisode tragique lorsqu'il a été admis, en catastrophe, à neuf mois, à l'hôpital Necker à cause d'une pneumopathie résistante aux antibiotiques. Il était en détresse respiratoire. Te souviens-tu du ciel qui nous est tombé sur la tête quand le chef de la réanimation a hurlé sur l'infirmière des urgences qui le transférait dans son service : « Pourquoi n'êtes-vous pas accompagnée d'un médecin ? Que se serait-il passé s'il avait fait un arrêt cardiaque dans l'ascenseur ? »

« Arrêt cardiaque », deux mots dont les syllabes se sont détachées, une à une, à une lenteur phénoménale avant de parvenir à mon cerveau. Du bout des lèvres, tu as demandé au docteur si Alex était en danger. Dans un haussement d'épaules, il a maugréé : « Évidemment qu'il est en danger, sinon il ne serait pas en réanimation », et il a disparu derrière les deux lourdes portes automatiques que seul le personnel habilité peut franchir. Nous avons été invités à patienter dans une pièce à l'univers feutré avec du papier peint et des tableaux aux murs, un canapé en velours, une salle de bains. Une pièce colorée et chaleureuse qui semblait échappée d'un château de la Loire dans ce temple hospitalier à la blancheur aseptisée. Tu as refusé d'y mettre les pieds en lâchant vertement : « Pas question que je m'installe ici. Vous pouvez le refermer, votre salon des mauvaises nouvelles. »

À ta manière, tu as conjuré le sort.

Nous avons patienté dans le couloir. Les minutes se sont égrenées comme des heures, les heures sont devenues des semaines.

Cet automne-là, entre les murs de l'hôpital, j'ai eu toute une nuit pour comprendre que je ne pourrais jamais vivre sans mon fils.

Vingt-quatre ans plus tard, dans les nuages, au-dessus de l'Atlantique, j'ai toute une nuit pour réaliser que je vais vivre. Renaître. Et c'est lui qui est à mes côtés. Ce clin d'œil du destin me bouleverse.

Il y a tant de choses, Adrien, que je ne m'explique pas. Tant de sentiments enfouis qui refont surface. Des émotions aussi que je n'ai pas envie de contenir.

Je rentre habitée d'une seule certitude : mon monde se situe quelque part entre Elisa, Alexandre et toi.

Je ne sais pas s'il y a encore de la place pour moi dans ta vie.

Mais je t'attendrai,

Rose

ÉPILOGUE

Deux ans après son retour, Rose se porte à merveille. Elle a décidé, avec l'accord d'Adrien, d'Elisa et d'Alexandre, de publier cette correspondance accompagnée de son journal intime. Jim, d'abord réfractaire, a fini par donner son consentement.

Les recettes de ce récit intitulé « La Robe du Jaguar » et celles inespérées de « Shot de Gin » ont permis de créer une fondation, « Amazone Transfert ». Elle finance les travaux d'équipes engagées dans la découverte et l'inventaire des espèces végétales amazoniennes. On estime que, à ce jour, à peine 20 % de ces espèces ont été répertoriées. Grâce à ces fonds, des botanistes et des chercheurs mènent des expéditions dans la forêt, collectent des échantillons, utilisent des techniques de génétique moléculaire pour cartographier de nouveaux spécimens et en analyser les vertus thérapeutiques.

Des études anthropologiques sont également parrainées dans le but de préserver les coutumes et la médecine millénaire des communautés locales dans le respect de leurs droits et de leurs souhaits afin d'éviter toute exploitation ou appropriation culturelle. Paco, qui a finalement pu rejoindre Rio Alma épargné par les flammes, a accepté de collaborer et autorisé l'enregistrement audio et vidéo des cérémonies qu'il préside. Rose a repris sa caméra pour documenter ces séances et revoir son ami.

Grâce à l'intelligence artificielle, Elisa croise les informations collectées sur les plantes médicinales traditionnelles avec les recherches scientifiques occidentales. Ce partage de la connaissance pourrait conduire à de nouveaux traitements et chemins de guérison. Ce volet d'étude bénéficie du soutien financier du Memorial Joshua Hospital.

Depuis son retour à Paris, Rose passe de longues nuits, enfermée avec Elisa, devant des ordinateurs qui tournent à plein régime. Personne ne se doute de ce que la mère et la fille s'apprêtent à découvrir...

Pour en savoir plus
sur les Éditions Récamier
(catalogue, auteurs, vidéos, actualités…),
vous pouvez consulter
www.editions-recamier.fr
www.lisez.com

lisez!

et nous suivre sur les réseaux sociaux

Éditions Récamier

@editionsrecamier

@Ed_Recamier

#lisez! engagé
www.lisez.com

Pour plus d'information :

Imprimé sur du papier issu de forêts gérées durablement.

CET OUVRAGE A ÉTÉ ACHEVÉ D'IMPRIMER SUR ROTO-PAGE
PAR L'IMPRIMERIE FLOCH À MAYENNE EN AVRIL 2024

N° d'impression : 104713
Imprimé en France